AF237340

Georg Weisfeld - geboren 1975 in Bremen, lebt und arbeitet in Berlin als Improvisationstheater- und Krimidinner-Schauspieler. Er veröffentlicht Kurzgeschichten und ist Autor für die Lesebühne "Die Dienstagspropheten".

Georg Weisfeld

Der innere Klaus

Weihnachtsgeschichten

Bibliografische Information der Deutschen
Nationalbibliothek:Die Deutsche Nationalbibliothek
verzeichnet diese Publikation in der Deutschen
Nationalbibliografie;detaillierte bibliografische Daten
sind im Internet unter www.dnb.dnb.de abrufbar.

© 2022 Georg Weisfeld

Herstellung und Verlag: BoD - Books on Demand, Norderstedt

ISBN: 9783756818501

Inhalt

1. Das kryptische Krippenspiel

2. Das Krimidinner

3. Der innere Klaus

4. Weihnachten im Gailtal

Das kryptische Krippenspiel

Zufrieden legte ich auf. Eben hatte mir Pastor Merle bestätigt, dass ich das Krippenspiel inszenieren durfte, in der Neuköllner Genezarcth-Gemeinde, als pantomimisches Theaterstück. Als ich mit dem Projekt zu ihm gekommen war, hatte er zunächst herumgedruckst. Die Kinder, die sonst die Krippenspieler waren, traten kostenlos auf. Ich nicht. Ich bin staatlich geprüfter Pantomime. Ich habe mein Handwerk drei Jahre lang erlernt.

Es sollte keine klassische Variante werden á la Marcel Marceau, mit Ringelhemd und geweißtem Gesicht. Ich komme aus der polnischen Tradition, von Henryk Tomaszewski. Da ist alles abstrakter, tänzerischer. In meiner Ausbildungszeit hatte ich die Genezareth-Gemeinde bereits bei Faschingspartys, Taufen, Osterfeiern mit kleinen Etüden beglückt.

Vorher war noch ein Auftritt bei einer Kreuzberger Lesebühne zu absolvieren. Dort gastierte ich einmal im Monat. Zur Erholung von den Rezitationen hoffnungsvoller Autoren trat ich wortlos und gestenreich auf und hatte mir einen kleinen Fan-Club erspielt, junge Leute, die dunkel gekleidet und vom Nachtleben bleich die Szene beäugten. Sie hielten mich nicht für einen Pantominen, sondern für einen Spin-Off der Gothic-Szene.

Unter ihnen saß, Sylke, meine neue Freundin. Ihretwegen hatte ich mich für einen romantischen Standard entschieden: für die stille Geschichte vom Mann, der an einer Mauer entlang läuft und eine Blume pflückt. Um die poetische Melancholie zu unterstreichen, hatte ich der Szene einen französischen Titel gegeben. Der Ansager berlinerte ins Mikrophon: „Jetzte sehn wa den Georg mit, äh, le plaisir oder, ich glaube, nee, placard de avec voir, das ist es wohl, bitte..." Kein Berliner kann Französisch. Alle waren zufrieden.

Und der Auftritt lief gut. Ich tastete mich elegisch an einer unsichtbaren Mauer entlang, schnupperte an der imaginären Blume, pflückte sie liebevoll und überreichte sie - aber da war Sylke schon weg. Ach ja, sie musste morgen früh wieder in der Sparkasse antreten. Einer ihrer Kumpels ließ mich grüßen. „Aber mach nicht so'n süßliches Zeug", riet er mir. „Hau mal rein, schlachte 'ne Ziege auf der Bühne, notfalls auch pantomimisch, aber so was wollen die Leute sehen!"

Am Nikolaustag folgte der Seniorennachmittag in der Zehlendorfer Paulus-Gemeinde. An langen Tischen saßen die in Würde Gealterten einander gegenüber. Um meine Performance zu sehen, hätten sie sich um neunzig Grad wenden müssen. Aber das Interesse an Christstollen und mürben Spekulatius war vielleicht ohnehin größer. Dabei hatte ich mich akribisch vorbereitet: Ich stellte dar, wie ein barmherziger Reiter seinen Mantel abnimmt, diesen Mantel teilt und die Hälfte einem frierenden Bettler überreicht. Sankt Nikolaus, wie man ihn kennt und liebt! „Das war Sankt Martin", beschwerte sich eine Pensionärin. Ach ja! Verflixt. „Ganz richtig", rief ich, „und wie Sie bestimmt wissen, ist Sankt Martin der Ur-Nikolaus!" Sie verstummte verwirrt. Den anderen war es gleichgültig.

Einen Bewunderer aber hatte ich. Der stand mit leuchtenden Augen am seitlichen Bühnenrand. Das war der zwölfjährige Björn. Björn The Blockflöte. Er und ich kannten uns schon eine Weile. Bei etlichen kirchlichen Veranstaltungen war er mit seiner F-Flöte aufgetreten. Und wenn meine engagierten Etüden zu Umweltzerstörung und Klimawandel wieder nur mäßigen Applaus einheimsten, flötete der blonde Lockenschopf mit Volksliedern und Walzern die Stimmung wieder nach oben.

Ich bin von Natur aus nicht eifersüchtig. Aber dieser Bursche ging mir gehörig auf die Nerven. Allerdings, als ich jetzt sah, wie er mich anhimmelte durch seine übergroße Brille, bereute ich die kleine Sabotage-Aktion, zu der ich mich hatte hinreißen lassen. Björn betrat die Bühne. Die Alten wendeten sich um neunzig Grad ihm zu. Er setzte an zu „Ihr Kinderlein kommet". Und nur ein erbärmliches Furzgeräusch entkroch seiner Flöte. Okay, es nett war das nicht. Ich hatte ein Bio-Kaugummi zwischen Kopf- und Mittelstück der Flöte geklebt. Ich wollte ihn einfach mal scheitern sehen.

Die Alten nestelten an ihren Hörgeräten. Björn blieb gelassen. Er kam backstage, griff in seine Tasche, eilte wieder auf die Bühne, entschuldigte sich im Voraus, dass er das Querflöten-Spiel kaum beherrsche und flötete los. Und wurde bejubelt. Ich sah mir nicht mehr an, wie er nach dem Auftritt stage-divte und von den älteren Damen auf Händen zum eröffneten Büffet getragen wurde. Ich hatte es eilig, das Kaugummi wieder aus der F-Flöte zu klauben. Es war noch zu gebrauchen.

Auf der Rückfahrt – Björns Mutter nahm mich mit, weil wir fast Nachbarn waren – wollte ich etwas wiedergutmachen: „Sag mal, Björn, hast du Lust bei meinen Krippen-Mimodram in Neukölln als Musiker mitzuwirken?" - „Oh, Mutti, darf ich?", flehte er. Sie ahnte nicht, wie dramatisch sich unsere Zusammenarbeit auf das Leben ihres Sohnes auswirken sollte.

Am zweiten Adventssonntag musste ich auf der härtesten und ehrlichsten Bühne der Welt Geld eintreiben: auf der Straße. Als Living-Doll. Diese Performance besteht darin, dass man wie eine Puppe dasteht. Das Ziel ist erreicht, wenn ein Zuschauer laut fragt: „Ist der echt?" Unter routinierten Mimen hat die Kunst keinen sonderlich guten Ruf. Aber um meinen Ruf konnte ich mich aus finanziellen Gründen nicht kümmern. Die beste Stelle, an der man in Berlin als Straßenkünstler auftreten kann, ist das Brandenburger Tor. Man zieht sich ein hübsches Kostüm an, drapiert vor sich Geldsammeldose und steigt auf eine stoffverkleidete Bierkiste.

Es war Spät-Herbst. Um allzu grimmige Kälte zu meiden, kam ich schon mittags. Ein giftgrüner VW-Bus parkte bereits in Sichtweite. Das waren die Kollegen, eine Gruppe russischer Darsteller, zu denen Gehörlose, Klebstoffschnüffler und ausrangierte Tänzer des Bolschoi-Theaters gehörten.

„Dawai, dawai", hörte ich Alexej sie antreiben, und die Dolls stolperten bunt aus dem Wagen. Alexej, solariumsgebräunt, mit Bomberjacke und Sonnenbrille, war der Organisator der Mimen-Unterhaltung am Tor. Man durfte hier nur arbeiten, wenn man ihn als Boss akzeptierte. Doch auf der rauen Straße hatte ich ihn schätzen gelernt. Er stellte klar, wo welche Puppe zu stehen hatte, all die Bordstein-Ballerinas und Pantopimps. Und er schützte uns vor zudringlichen Zuschauern.

„Nichct anfassen – nurrr ggucken!", war sein häufigster Satz, wenn Kinder mit Schokoladenfingern unseren Kostümen zu nahe kamen. Und er sorgte für unsere Gesundheit. Im

VW-Bus hielt er stets Sojanka warm. Dank seiner Aufsicht arbeiteten wir außerdem in langen Schichten nie ohne Thrombosestrümpfe. Fünfzig Prozent der Einnahmen verlangte er für seine Tätigkeit. Wer gut war, wurde über seine Künstleragentur weitervermittelt. Zum Beispiel an die Genezareth-Kirche.

Und da war ich jetzt. Es war an der Zeit, das pantomimische Krippenspiel zu entwerfen. Ich hockte auf dem Boden, um mit Hilfe von Post-It-Zetteln ein Konzept zu entwerfen. Auf einen Zettel schrieb ich: *Drei heilige Könige*, auf einen zweiten *Josef* und auf einen dritten *Maria*. Wer sollte sonst noch vorkommen? Jesus?

Ich klopfte an die Tür von Pastor Merle. „Ah, unser Bühnenkünstler!" Er saß an einem Schreibtisch und schaute mich freundlich über seine Nickelbrille an.

„Ich recherchiere gerade wegen einiger Details und wollte mir dafür eine Bibel ausborgen."

Er rollte eine Schreibtischschublade auf und schob mir ein recht dickes Buch zu. „Das ist die neue revidierte Einheitsübersetzung in einfacher Sprache."

„Neu? Revidiert? Hat sich was geändert? Auf welcher Seite steht das Krippenspiel-Evangelium denn jetzt?"

Er spähte ein wenig skeptisch über den Rand seiner Brille: „Ab Lukas Zwei."

„Ach so. Da ist das jetzt?"

„Und in Matthäus Eins. Aber erst ab Vers 18."

„Oh, alles revidiert." Eine Seitenzahl hätte mir mehr geholfen.

„Alles wie seit zweitausend Jahren. Herr Weisfeld, wir hatten im vergangenen Jahr eine wundervolle Inszenierung von unserem Vikar Steffen. Wenn Sie Hilfe benötigen, wird er Sie gerne unterstützen."

Der Pastor hatte seine Brille abgenommen. Seine Augen waren schmal geworden. Hatte sich etwa herumgesprochen, dass meine pantomimischen Künste auf verschiedenen Festivitäten nicht ganz so gut angekommen waren wie erhofft? Waren Beschwerden bis hierher gedrungen?

„Vikar Steffen - das ist gut zu wissen!", gestand ich ihm zu.

Er griff hinter sich und zog eine DVD aus dem Regal. „Hier ist sein Krippenspiel mit Kindern vom vergangenen Jahr. Vielleicht dient Ihnen das zur Inspiration."

„Ja, mit Gottes Hilfe", fiel mir ein.

Dass der Vikar Kinder ausgebeutet und zur kostenlosen Arbeit gezwungen hatte, wollte ich vor meiner Honorierung nicht ansprechen. Zunächst mal musste ich mir in groben Zügen die Geschichte merken. Ich konnte davon ausgehen, dass sie der Gemeinde in groben Zügen bekannt war. Das Neue war nun die Darstellung aller Gestalten durch eine einzige begnadete Person, durch mich. Ich würde auf Requisiten weitgehend verzichten und nur ein Kissen benutzen. Das konnte mal als Lastensack herhalten, den Joseph trug; auch als Sattel, auf dem Maria ritt, und, unter ihren Wams, als Zeichen ihrer Schwangerschaft.

Schwieriger gestaltete sich die Darstellung der drei Heiligen Könige. Um den aus Afrika stammenden Caspar zu mimen, experimentierte ich mit einer Netzstrumpfhose überm Kopf. Doch das Gewebe verhedderte sich an meiner Nasenspitze. Dafür konnte ich Melchiors Agilität mit heiteren Luftsprüngen darstellen. Er sollte obendrein mit drei Goldklumpen jonglieren. Und Balthasar wäre durch das Kiffen von Weihrauch ausreichend charakterisiert. Zur Darstellung der Hirten würde ich Schafsgeblöke einspielen lassen und selbst eines der Schafe spielen. Zum Schmunzeln.

Für Gourmets der Pantomimenkunst jedoch würde ich ein berühmtes Tomaszewski-Prinzip einsetzen: *Find a Difficult Position.* Zeige gymnastische Verrenkungen, die sich vom akrobatischen Standard absetzen und unnachahmbar aussehen. Dafür sollte der Stern dienen, der die Könige leitet: Als Balthasar würde ich nach oben schauen und in den Himmel zeigen. Dann würde ich auf den Altar springen, meine Ellenbogen in die Magengrube stützen, Körperspannung aufbauen, um scheinbar über dem Altar zu schweben – gestützt auf Hände und Unterarme. Und dann beginnt die hohe Kunst: Ich löse die rechte Hand, strecke sie nach vorne und spreize die Finger: das wäre dann der leuchtende Komet, und mein Körper der Schweif.

Am Nachmittag traf ich mich mit Björn. Er hatte sich das Keyboard seines Bruders ausgeliehen und begann verstörende Sounds zu produzieren: „So klingt das Stroh, wenn Jesus sich in der Krippe umdreht!" – „Nein, du sollst mir keine Konkurrenz machen, du musst meine Bewegungen subtil untermalen! Erst zum Schluss ein Crescendo!"

Am Samstag des vierten Advents stand noch ein einträglicher Auftritt an: Alexej hatte mich als

Close-up-Zauberer vermittelt, zur Weihnachtsfeier eines Autohändlers in Reinickendorf. Ich sollte von Tisch zu Tisch gehen und die Händler mit Scherzen und Hokuspokus in Stimmung bringen. In besseren Zeiten hätte ich so ein Engagement abgelehnt. Meine trickkünstlerischen Fähigkeiten hatten sich nicht mehr weiterentwickelt, seit ich den Zauberkasten „Der kleine Magier" aussortiert hatte. Für angesäuselte Autohändler mochte das reichen.

Ich schminkte mich, zog ein buntes Clowns-Kostüm an, und legte los. Der Anfang war vielversprechend. „Hui, na, wo ist die Münze jetzt?" - „In der anderen Hand!" - „Stimmt! Sie sind ein exzellenter Beobachter! Niemand kann Ihnen was vormachen! Aber jetzt! Achtung! Hui! Wo ist sie jetzt?" – „In der Hand da!" – „Wieder richtig! Sie sind der Autohändler des Jahres!"

Ich schwang den Zauberstab, drehte den Ring, ich wickelte eine Zauberschnur um den Finger, warf einer Dame das Zaubertuch über den Kopf, ohne dass sie verschwand, mixte Zauberkarten und Zahlenkarten, verlor die Kugel aus dem Zauberpokal und schüttelte die magische Würfelbox, ohne dass etwas Überraschendes dabei herauskam. Doch die Leute waren bester Stimmung. „Pass mal auf, du Clown", zog mich der Chef beiseite, „du kannst zwar nicht zaubern, aber ich mag dich. Nimm das Honorar und hau ab." Alexejs Frau war gerade eingetroffen. Sie war als Stripperin engagiert.

Und nun war Heiligabend da. Mit der Uraufführung des Mimodrams *Le Réveillon De Noël*. Das Opus Magnum einer jungen Pantomimen-Karriere. Die Gemeindemitglieder strömten in die Kirche. Der schmale Streifen zwischen Altar und Publikum war meine Bühne. Im dunklen Ganzkörperanzug wartete ich hinter einer Säule. Mir gegenüber hatte Björn sich mit seinen Instrumenten platziert.

Kurz bevor es losgehen sollte, erfuhr ich, dass Vikar Steffen ein Auftrittsrecht für seinen

Kinderchor durchgesetzt hatte. Schon latschten die Gören mit Kerzen bewaffnet vor den Altar, stellten sich der Größe nach auf und versuchten, zwei Weihnachtslieder zu tröten. Meine Erfahrung mit kinderlichen Vorgruppen sind nicht die besten, aber diese Blagen sangen so schief, dass ich sie als Konkurrenz nicht zu fürchten brauchte. Im Gegenteil. Ich würde mich wohltuend abheben. Eines der Kids allerdings stellte seine Kerze auf dem Altar ab, den ich als Spielfläche für die Figur des Kometen benötigte. Ich gestikulierte in Pastor Merles Richtung, doch der nestelte an seinem schief sitzenden Talar. Schon trat er vor den Altar und kündigte meinen Auftritt an. Ich würde also bei Kerzenschein spielen.

Und das funktionierte. Ich kam als Schaf und wurde zum Hirten. Das bisschen Blöken bei der Verwandlung wurde mit Lachern belohnt. Die Mitglieder der Heilige Familie konnte ich mühelos mit dem Kissen voneinander absetzen. Bei der Marien-Darstellung rutschte es etwas zu früh aus dem Bauch. Jesus wurde hier nicht im Stall geboren, sondern auf dem Acker, als Sturzgeburt. Die Gemeinde nahm es hin. Man wusste, was für ein schräger Vogel aus ihm geworden war.

Besonders glanzvoll gelang die Darstellung des Sterns. Ich sprang auf den Altar, glitt galant in die Stützhaltung, balancierte auf einem Ellenbogen, schwebte und streckte die rechte Hand nach vorne. *Find a difficult position!* Den Zuschauern stockte der Atem. Langsam und dramatisch öffnete ich die Hand: Der Stern war aufgegangen! Ein heiliges Raunen wehte durchs Kirchenschiff. Björn verpasste sogar seinen Crescendo-Einsatz. Das würde ich ihm später unter die Nase reiben. Ich verwandelte mich rasch noch in freundliche Könige, überreichte die Geschenke, hielt inne und schritt erhobenen Hauptes in die Bühnenmitte. Elegante Verbeugung. Applaus brandete auf. „Soli deo gloria", behauptete ich. Es roch verbrannt.

„Bei Ihrem Kometen haben Sie die Kerze umgestoßen", erläuterte mir der Pastor an der Sakristeitür. Das hatte ich in meiner künstlerischen Hingabe nicht mitgekriegt. „Dafür war Ihr Musiker blitzschnell und hat den Schaden gering gehalten!"

Dann sah ich es: Der bordeauxroten Schurwollteppich war mit Wachs vollgekleckert und auf einem tellergroßen Stück schwarz verkokelt. Björn war geistesgegenwärtig hingesprintet um einen Schwelbrand zu verhindern. Deshalb hatte er seinen musikalischen Einsatz verpasst. Mir war das entgangen. Und war der Stern von Bethlehem nicht auch wichtiger als so eine Kokelei, zumindest in einer Kirche?

„Na, jedenfalls war das mal eine ganz andere Art, die Weihnachtsgeschichte zu erzählen", gab Pastor Merle zu und lächelte seelsorgerisch. „Bisschen kryptisch, aber schön, dass unsere Gemeinde das auch einmal erleben durfte." In

Zukunft peinigen Sie bitte andere Konfessionen, hörte ich daraus.

Sylke kam angewedelt, meine Freundin, und warf sich mir an den Hals. Am Vormittag hatten wir uns auf ihren Sparkassen-Dresscode für diesen Abend geeinigt. Nun trug sie die Gothic-Kluft. Mit satanistischen Pentagram-Ohrclips und einem umgedrehten Kreuz zwischen ihren Brüsten.

„Klasse, dass du fast die olle Kirche abgefackelt hast", quäkte sie begeistert.

„Das ist Pastor Merle", stellte ich vor. Und ihm erklärte ich: „Meine Freundin Sylke setzt auf die dunkle Macht."

Sie winkte ab und verschwand Richtung Buffet.

„Dann kann sie vielleicht zu Ostern bei uns auftreten", scherzte er. „Die entsprechenden Bibelstellen nenne ich gern."

Ich fand Sylke nicht mehr.

Am folgenden Morgen fuhr ich mit einer Packung Aufbackbrötchen und mittelmäßiger Laune zu ihr. Auch sie war nicht unheiter drauf.

„Es war gestern so hart für mich, dass du nicht mehr zu meinem Vater nachgekommen bist. Seine Frau hat sich den ganzen Abend über mein Tattoo lustig gemacht. Da hätte ich dich gebraucht!", zischte sie. Im Pyjama und mit verheulten Augen stand sie neben dem Backofen. „Wenn wir die nächsten Heiligenabende auch getrennt verbringen wollen, dann können wir unsere Beziehung auch gleich hier beenden."

Es pingte, die Brötchen waren kross. Mir gruselte schon vor dem heutigen Pflichtbesuch: Sylkes Mutter wartete mit ihrem dritten Ehemann auf uns. Und der hatte gerade eine unfreundliche Diagnose bekommen. Diesen Termin durften wir nicht schwänzen.

Mein Handy fiepte. Alexej. Es gebe einen Notfall. Einer seiner Bolschoi-Hinterbliebenen hatte einen Job als Weihnachtsmann übernommen, für die Berliner S-Bahn, hatte aber leider einen Jungen, der ihm allzu frech gekommen war, aus Mangel an einer Rute geohrfeigt. So etwas geht in unserer Branche nun gar nicht. Als Pantomime bin ich mal für eine vergessene Volkspartei in einer Brennpunktschule aufgetreten. Bei diesem Job bin ich mit sozialdemokratischen Orangenbonbons beinahe gesteinigt worden. Meine Hand saß sehr locker, aber sie zuckte nicht.

Nun wollte Alexej den Image-Schaden beheben, mit einer Gratis-Aktion für die S-Bahn. Dafür benötigte er einen Dienstleister, der im Kundengespräch nicht an Ivan den Schrecklichen erinnerte.

„Ich kann nicht", seufzte ich. „Erster Weihnachtstag! Ich bin bei meinen Schwiegereltern eingeladen!"

„Na, bitte! Ich liefere dir den Grund abzusagen!?"

„Mein Schwiegervater ist irgendwie – also, es ist vermutlich das letzte Weihnachtsfest mit ihm ...“

„Georg, wie viel Geeld?“

„Zweihundert Euro.“

„Na gut. Zweihundert Euro. Dafür kriegst du auf russisch´ Schwarzmarkt ein frisches, was soll es denn sein, Herz oder Niere? Als Geschenk für deinen Schwiegervater!“

Ich stellte mir vor, wie Alexej mir am Ostbahnhof eine durchsichtige Plastiktüte überreichte, in der zwischen Eiswürfeln ein leibhaftiges Organ schwamm. „Ich möchte bar ausgezahlt werden“, sagte ich und legte auf.

„Yeesssss“, zischte ich triumphierend und ballte die Faust. Gut verhandelt. Ich hörte ein Schniefen und drehte mich um.

„So also missbrauchst du meine Familie!“, heulte Sylke. Die Kajal-Farbe war auf ihrem Pyjama verschmiert. „Schluss! Ich will dich nie wieder sehen!“

Beschämt, aber ohne zu widersprechen, huschte ich zur Wohnungstür und verschwand. Ich fuhr nach Hause, um meine Requisiten zu packen. Living Doll in einem beheizten Bahnhof – es mag zum Fest schönere Beschäftigungen geben, sicher aber noch schlimmere.

Was ist aus Björn The Blockflöte geworden? Er ist mittlerweile als Free-Jazzer und Klang-Künstler auf internationalen Festivals ein geschätzter Gast. Seine Tätigkeit als Fahrradkurier für einen Essenslieferanten bringt allerdings mehr ein. In diesem Jahr treten wir wieder zusammen auf. Engagiert sind wir für die Darstellung der Jesus-Geburt aus Sicht des Korans. Björn wird die Nay-Flöte blasen. Ich spiele Maria sowie Gott, die Dattelpalme und sogar Jesus, exakt, wie es in Sure 19 beschrieben ist. Pastor Merle möchte es so.

Das Krimidinner

Ich öffnete die Tür und ließ Daphne ins Hotelzimmer, meine Schauspielkollegin. „So früh in Montur?", sagte sie und deutete auf meinen flauschigen Weihnachtsmannbart.

„Für den Soundcheck", brummelte ich.

Daphne warf sich aufs Hotelbett.

Sie war erschöpft. So wie wir alle am Vortag des Heiligenabends. Wir hatten eine aufreibende Krimidinner-Saison hinter uns. Nach Auftritten auf ungezählten Betriebsfeiern ersehnten wir die Weihnachtsfeiertage. Wie ein Eichhörnchen im Herbst Nüsse sammelt, um im Frühjahr nicht zu verhungern, raffen wir Schauspieler Geld zusammen, um im Winter nicht vom Vermieter gekündigt zu werden. Als Absolventen einer Schauspielschule hatten viele von uns gedacht, man dürfe nur nicht auf einer Landesbühne in der Provinz landen. Das seien die düsteren Endstationen der Karriere. Nach zwanzig

Arbeitsjahren weiß ich, es geht noch düsterer. Krimidinner!

An diesem Vorweihnachtstag lagen die Bretter, die die Welt bedeuteten, im Konferenzraum 7a des Marriott und waren mit orangefarbenen Velours überzogen. Um den Konferenzraum in ein Festzimmer zu verwandeln, hatten Hotelangestellte einen Plastikweihnachtsbaum aufgeklappt und ein laminiertes Schild *Event Lounge* an die Tür geklebt.

Bühnenkanten und Orchestergräben, Gassen zum Auf- und Abgehen - diese segensreichen Erfindungen wissen Schauspieler erst zu schätzen, wenn sie eine Saison lang Krimidinner gespielt haben. Dinnertheater bedeutet, dass man zwischen den Zuschauern spielen muss. Man weiß nie, wem man gerade die Sicht versperrt und welcher Publikumstisch gerade nichts sieht. Die Grenzen der Belästigung, durch Berührung, Zuprosten, Geruch, sind in dieser Theaterform gefallen, und mit ihnen der Respekt vor den Darstellern. Die meisten Gäste sind ohnehin nur zum Essen gekommen. Und wenn die Vorspeisen nicht munden, wird es schwierig, gegen verstimmte Gaumen anzuspielen.

Vor einer Woche bekam ich den Anruf von der Agentur *Krimirätsel - Spannung, Spaß und gutes Essen GbR*. Ob ich „Zeit und Lust" hätte, am 23. Dezember den Weihnachtsmann zu spielen im Krimi *Wer hat den Weihnachtsmann ermordet?*.

Mit dem Stück war ich im vorangegangenen Jahr aufgetreten. Den Text musste ich also nicht neu lernen. Und ich konnte mit Sven, Maik und Daphne spielen - Kollegen, mit denen man sich am Textgerüst entlang improvisieren und sich backstage über die Gäste mokieren konnte. Entsprechend schlampig war meine Vorbereitung. Früher hätte ich so etwas ernster genommen. Als Schauspielstudent hatte ich mir für einen Weihnachtsmannjob sogar mal eine Rollenbiographie geschrieben.

An diesem Morgen nun kam eine alarmierende Mail: Maik sei erkrankt, für ihn werde Frank einspringen. Frank war in Personalunion Schauspieler, Agenturchef und Autor des Stückes. Die Kollegen stuften ihn als depressiven Narziss ein.

Das war der Grund, warum ich jetzt so zeitig zur Stelle war und fieberhaft versuchte, mir die Seiten des Textbuches ins Hirn zu hämmern. Als Daphne klopfte, feuerte ich das Skript unters Bett. Es war verpönt, vor Kollegen zu üben.

Und dann kam er. Mit seinem imposanten kahlen Schädel und der durchtrainierten Figur stolzierte er ins Hotelzimmer. Er pardauzte seine fette Kleidertasche auf den Boden, schleuderte uns ein arrogantes *Hi* entgegen und wandte sich einem Telefonat zu.

„Ja ... gut mein Lieber ... dann steht die Sache, okay, muss Schluss machen, bin bei einer Produktion, ciao". Er steckte sein Smartphone weg und entledigte sich seiner Jacke. Daphne und ich hielten kurz den Atem an. In den ersten Sekunden konnte man erkennen, wie Frank drauf war.

„Wo ist Sven?", bellte er. „Der kommt immer zu spät!"

Daphne drehte die Augen zum Himmel. Frank war selber fünfzehn Minuten drüber.

„Probier die mal!" Er warf ihr eine Plastikperücke zu. „War eben noch bei *FaCloMa*". Das ist ein Fachgeschäft für Fasching, Clownerie und Masken. Damit war seine Verspätung entschuldigt. Auch für mich hatte er Produktionsgelder verpulvert, was eine Gagenerhöhung verhinderte: zwei strohige Weihnachtsmannaugenbrauen.

„Was haben wir denn heute für Patienten?", fragte Daphne, und ich reichte ihr das Infoblatt, das auf dem Produktionskoffer lag. Aha. Es feierten das Juristenehepaar Reinfels-Beil mit seiner Kanzlei, die Gerüstbaufirma *Kalle & Sohn*, die Apotheke *Hirsch* und das Floristengeschäft

Zur fröhlichen Tulpe. Wir erwarteten die üblichen Betriebsweihnachtsfeiern, auf die die Angestellten keine Lust haben, deren Chefs sich aber verpflichtet fühlen und obendrein die Kosten von der Steuer absetzen können.

Für die Firmen war das heutzutage eine Billignummer. Früher, bis vor zehn Jahren, bis zur Bankenkrise, war das ganz anders gewesen. Da hatte es Betriebsfeiern gegeben, die den Stempel *spätrömische Dekadenz* verdient hätten. Ich erinnerte mich an einen Auftritt, bei dem wir in einem Autohaus gebucht worden waren. Zwischen unseren Auftritten spielte eine fünfköpfige Rock'n'Roll-Band, nach uns stürmte ein Polizistenpärchen die Bühne. Die Musik sei zu laut. Wir erschraken. Doch die Autoverkäufermeute kannte den Act aus den Vorjahren. „Ausziehen, ausziehen", schallte es von den Bierbänken und genau das taten die Polizisten. Es waren Stripper, wenn auch vielleicht nur im Nebenberuf. Damals hatten wir doppelt so viel verdient.

„Soundcheck!", kläffte Frank, und wir trotteten in den Konferenzsaal. Die ersten Gäste hingen schon vor der Eventlounge ab und freuten sich über meine weihnachtsmännliche Erscheinung. Ich *hohoho*te fix an ihnen vorbei.

„Das ist unprofessionell, jetzt schon mit Kostüm hier aufzukreuzen", maulte Frank und machte sich an der Musikanlage wichtig, an der schon Sven herumfummelte. Das war der Grund, warum Sven so häufig gebucht wurde. Er war ein genauso lausiger Schauspieler wie ich, konnte aber wenigstens die Boxen und Headsets einstöpseln. Akustische Unterstützung war für den Konferenzraum eigentlich nicht notwendig, doch mit kaufmännischem Geschick hatte Frank seine Technik dem Hotel mitverkauft.

Wir mussten noch Ordnung in die Indizien bringen, die bei jedem Krimidinner unerlässlich sind: Postkarten, Geschenke, Drohbriefe,

Kleidungsstücke, Zettel, Zeitungsartikel, Fotos, Giftfläschchen, Waffen. „Ich habe seit zwei Wochen nicht gespielt", raunte Sven mir zu. „Das wird frisch." Er meinte seine luftigen Textkenntnisse. Aber Textgenauigkeit ist nicht so wichtig bei einem Bühnenwerk, das nur die Komplexität eines Kinderstückes hat. In Franks Krimi ging es um den Heiligabend der Familie Schnipkoweit. Um Vater, Mutter, Kind und einen Weihnachtsmann, der ermordet wird. Es folgt eine idiotensichere kriminalistische Herleitung, so dass am Ende der Show fast jeder Gast den Weihnachtsmannmörder dingfest machen kann. Der Gewinnertisch bekommt eine Flasche Champagner.

„Ran an den Gast", drängelte Frank, während er die graue Perücke, die ihn zum Vater machte, auf seiner Glatze ausrichtete. Ich fummelte meinen Bart zurecht. Der Weihnachtsmann hatte im ersten Block noch keinen Auftritt, doch war es wichtig zu wissen, welchen Zuschauern die

Kollegen Statistenrollen aufnötigten. Das geht immer so. Das Publikum soll mitspielen, damit es wach bleibt.

Ich positionierte mich hinter der Konferenzraumtür. Der erste Akt begann. Sven zog die Boxen hoch. Die Headsets begannen zu glühen, und die Lichtstimmung änderte sich, indem eine zweite Deckenfluterzeile angeworfen wurde. Ich lugte durch den Türspalt. Im ersten Block wurden die Hauptfiguren etabliert: der gelangweilte Jugendliche, gespielt von Sven, die aufgedrehte Mutter Schnipkoweit, Daphne, und ihr grimassenschneidender Mann, verkörpert von Frank. Zunächst gab es nur spärliche Zuschauerreaktionen, mit Ausnahme von Tisch fünf: Dort saß eine Frau, die auffallend häufig überdreht auflachte. Rote Flecken wanderten über ihr Gesicht. Ansonsten hockten an dem Tisch nur Männer. Das war wohl die Gerüstbaufirma. Vermutlich war sie die Sekretärin, und der Chef hatte sie mit der Organisation der Weihnachtsfeier beauftragt. Dann war sie mitverantwortlich für den Spaß ihrer Herren, die mit verschränkten Armen den ersten Menügang erwarteten.

Während sich Vater Schnipkoweit mit seinem Sohn ein heißes Wortgefecht lieferte, sah ich, wie Daphne ein im Stück optionales Gagfeuerwerk zünden wollte. Ein unfreiwilliger Zuschauer wurde von ihr ausgewählt. Intern hieß dieser Schachzug „Carsten casten". Sie zückte ein Lätzchen, steuerte auf den Gerüstbauertisch zu, trötete ein „Carsten hat sein Lätzchen noch nicht an" in den trockenen Vater-Sohn-Dialog und schnürte einem dicken Brummbären den Sabberfetzen um den Hals. Die Gerüstbauersekretärin kreischte auf, der Rest grinste.

Frank eilte heran und ermahnte seine Frau, doch rasch bei Carsten die Windeln zu wechseln; es sehe dringlich aus. Jetzt lachte der ganze Konferenzraum, abgesehen vom auserkorenen Riesenbaby Carsten. Das gehört zu den goldenen

Regeln eines Krimidinners: Mangel es dem Skript an Gags, müssen Zuschauer dran glauben. Eine weitere Regel lautet: Lass das Publikum nicht hungern. Darum wurde der erste Akt fix beendet. Servicekräfte trugen die Vorspeisen auf. Der erste Menüpunkt bestand aus einem knackigen Kopfsalatblatt, das mit süßer Balsamicotunke bespritzt war. Optisch sah das interessant aus, aber den Baufachkräften war anzusehen, dass dieses Grünzeug ihre Männlichkeit verletzte. Die Serviceleute hatten uns verraten, dass das gesamte Menü unter den Vorgaben eines engen Budgets zusammengestrickt worden war. Wir Schauspieler speisten im selben Raum wie die Gäste, doch unser Tisch war diskret in einer dunklen Ecke platziert, so dass wir entspannt über die Zuschauer und sie über uns lästern konnten. Frank stellte fest, wie kreativ sein Einfall mit der Windel gewesen sei, und wir nickten. Ich bekam das Salatblatt nicht herunter, denn gleich würde mein Weihnachtsmann in Aktion treten müssen, und auf meinem inneren Textblatt waren viele Sätze geschwärzt.

„Hier, Georg!" Frank reichte mir ein Infoblatt. „Du baust in den nächsten Block die Stichwörter für die Apotheke und die Floristen ein!"

Das ist häufig so. Wenn Firmen die Karten bestellen, dürfen sie Wünsche angeben, ob wir betriebsinterne Witze ins Skript improvisieren sollen. Und es werden Themen notiert, die auf gar keinen Fall erwähnt werden dürfen. Ich schaute die Sätze durch, schluckte extrem trocken und sagte: „Klar, mach ich".

Sven drehte die Pausenmusik runter und knipste einen galanten Lichtwechsel herbei. Ich huschte hinaus, um mir den Bart ins Gesicht zu hängen und den Weihnachtsmantel umzuwerfen. Dann wartete ich geduldig auf mein Stichwort. Es verzögerte sich. Mit den Tickets erwarben die Firmen stets eine Getränkepauschale, und am Gerüstbauertisch mussten noch vier Hefeweizen geparkt werden. Aus der Tiefe des Raumes hörte ich unkontrolliertes Floristinnengekicher.

Endlich begannen unsere Bühnenhelden mit dem zweiten Akt, und ich lauschte und spickte. Aus meiner Nische verstand ich nicht viel, weil die Gerüstbauer brummelten und einander zuprosteten. Erst an dem Schweigen meiner Kollegen erkannte ich, dass ich mein Stichwort verpasst hatte. Mit „Hohoho - die Familie Schnipkoweit hat sich schon versammelt!", betrat ich souverän den Raum.

„Endlich, der Weihnachtsmann!", fiepste eine dicke Floristin, als könne sie endlich wieder an ihn glauben. Frank fräste mir mit seinem strafenden Blick ein Loch ins Hirn. Das führte zum Blackout. Die liebenswürdige Daphne zog mich improvisierend in den Dialog, den der Weihnachtsmann mit der Mutter zu führen hatte. Es ging jetzt auch darum, den Zuschauer die Mordmotive zu präsentieren. Zwischen der Mutter und mir wurde eine Affäre zum Thema, und ich drohte, noch heute unseren Seitensprung zu verraten, wenn sie sich nicht sofort von ihrem Mann trennen würde. Dann hatte ich mich ihrem aufmüpfigen Jungen zuzuwenden. Zwischen Sven und mir entspann sich eine Art interner Wettbewerb, wer mehr Texthänger hatte. Unzusammenhängende Repliken türmten sich aufeinander. Wie ein Kaugummi zog sich unsere Szene, in der hoffentlich als Mordmotiv rüberkam, dass der freche Junge nicht das erwünschte Ballergame für seine Spielkonsole bekommen hatte.

Ich erntete ein paar Lacher, weil mir die neuen Weihnachtsmannaugenbrauen zweimal runterfielen. Ab der Hälfte des Spielblockes musste ich die rechte Braue festhalten und wirkte von da an nachdenklicher, als es einem Weihnachtsmann angemessen ist. Gegen Ende kam es zum Streitgespräch Weihnachtsmann gegen Vater. Weil Frank mir das Unterbringen der Kundenwunschwörter nicht zutraute, brüllte er unvermittelt: „Ich brauche dringend Tamsulosin-Hydrochlorid Biomopharma-Hartkapseln. Aber wenn ich die nicht geschenkt bekomme, gehe ich gleich in die Hirsch-Apotheke!"

Er wartete gespannt auf einen Lacher, doch das Echo blieb unhörbar. In meinem Kopf poppte der Floristen-Wunschsatz auf. „Jessi ist die Beste!", trötete ich. Einen Zusammenhang mit unserem Dialog hatte das nicht, aber die Blumenhändlerinnen johlten und wieherten. Erfolg! Frank wandte sich beleidigt seiner Schnipkoweit-Familie zu. Damit war meine Rolle abgespielt. Ich schlich mich aus der Szene und krabbelte unter den Weihnachtsbaum. Ab jetzt war ich nur noch Leiche. Wenig später schon fand Mama Schnipkoweit mich mit einem extraspitzen Schrei. Der Mord war angerichtet, der zweite Akt beendet. Die Suppe wurde aufgetragen. Kurze Pause für uns.

„Na, super, du hast das Dessous-Geschenk vergessen! Jetzt hab ich als Mörder kein Motiv!", schrie Frank im Hotelzimmer, während ich mich aus der Weihnachtsmannkluft schälte.

„*Ein*mal mit Profis arbeiten!", brüllte er, während er die Hotelzimmertür zuschleuderte.

„Dass der Weihnachtsmann mir Dessous geschenkt hat," beruhigte Daphne, „das erwähnen wir gleich im nächsten Block, und dann ist gut!"

Vor zehn Jahren wäre mein Job jetzt erledigt gewesen. Der Mordopfer-Schauspieler konnte auf dem Hotelzimmer auf den Schlussapplaus warten. Das waren goldene Krimidinnerzeiten. Aus Kostengründen spielt heutzutage das Opfer im dritten Block den Kommissar. Auf meinen Schultern lastete nun also die Auflösung des Falls. Das Vertrackte: Die Fakten und Indizien mussten genannt werden, damit die Krimifreunde unter den Gästen erfolgreich miträtseln konnten.

Ich stopfte meinen kommissarischen Regenmantel mit Indizien voll. Sven kehrte zurück und berichtete, die Gäste hätten bemängelt, die Suppe sei nicht heiß genug. Kritik baute sich auf - bisher zielte sie nur auf die Küche. Im vergangenen Jahr hatten wir im Hotelzimmer gesessen und unsere mitgebrachten Stullen gemümmelt, bis bei einer Vorstellung eine mitfühlende ältere Dame vor der Tür stand und uns die Reste ihres Menüs mitgebracht hatte. Wir kamen uns vor wie bei einer der Tafeln. Und als wir probiert hatten, wussten wir auch, warum die Spenderin so viel übrig gelassen hatte.

Jetzt verzögerte sich das Weiterspielen, weil die hagere Topjuristin Reinfels-Beil Weihnachtsgeschenke an ihre Mitarbeiterinnen verteilen wollte. Die Zeremonie war mit einer weihnachtlichen Botschaft verbunden: „Wenn einige von Ihnen den Eindruck haben, Ihre Präsente seien weniger wertvoll als die von anderen, dann denken Sie doch bitte gern an Knecht Ruprecht. Er hat bei seinen Gaben immer das Verhalten im abgelaufenen Jahr berücksichtigt. Das tun wir auch."

Auf unserem Infoblatt hatten wir die Wortkombination „Betriebsbedingte Kündigungen" gefunden, unter den Begriffen, die auf keinen Fall genannt werden durften. Die geiernasige Juristin verteilte gefütterte Briefumschläge, in die verstohlen und verschämt reingeschmult wurde. Möglich, dass das die Konzentration einiger Teilnehmer auf unsere Kunst störte.

Unser dritter Akt wurde mit einem bewährt hektischen Durcheinander der Familienmitglieder eröffnet. Dieses Mal verpasste ich meinen Auftritt nicht, da Daphne in Richtung Tür rief: „Wir müssen die Polizei rufen!"

Das war mein Auftritt: „Sie müssen nicht lange rufen, ich bin Kriminalkommissar und bin gerade hier am Haus vorbeigelaufen. Wie kann ich helfen?"

Im selben Moment rauschte eine junge Frau, wohl Rechtsanwaltsgehilfin, heulend an mir vorbei und stürmte aus dem Raum.

„Sie haben Ihr Weihnachtsgeschenk vergessen", improvisierte ich hinterher. Das gab schadenfrohe Lacher vom Gerüstbauertisch. Mein geschultes Krimidinnerauge erkannte, dass der Alkohol diesem Tisch schon arg zugesetzt hatte. „Lasst uns im dritten Block schneller spielen", hatte Daphne in der Pause gezischt. „Sonst verlieren wir die Gerüstbauer an die Getränkepauschale."

Ich war in diesem Set souveräner, zumal ich Indizien aus dem Mantel zaubern konnte, die so etwas wie Hinweise auf meinen Text gaben. Zum Beispiel den Zettel mit der geheimen Botschaft. Die Gerüstbauer bekamen ihn und versuchten, die Eintragungen zu entziffern, die mir allerdings auch ein Rätsel waren. Die Apothekerinnen mussten von ihrer Chefin mächtig getriezt werden, um Kombinieren zu helfen. Nur die Floristinnen waren voll bei der Sache. Mit meinem Kommissarmantel machte ich Eindruck bei ihnen, das war zu spüren, es knisterte, wenn ich sie sachdienlich befragte. „Haben Sie etwas von dem Mordfall gesehen? Haben Sie einen Verdacht?" Wenn ich hingegen dem Juristentisch näher kam, spürte ich den Temperaturabfall. Diese Experten betrachteten unser oder Franks handgestricktes Rätsel als weit unter ihrem Niveau.

Mit dem Vorzeigen von Indizien und dem Forschen nach Verdachtsmomenten zog sich der dritte Teil ein wenig in die Länge. Gelegentlich probierten wir, aus dem bewährten Running Gag *Riesenbaby Carsten* noch ein paar Lacher zu pressen. Mutter Daphne stellte sich aus den Gerüstbauern einen Shantychor zusammen, mit dem sie "Jingle Bells" sang. Das erwies sich als verhängnisvolle Idee, denn einmal angekurbelt, waren die gestandenen Fußballkehlen nicht mehr zu stoppen.

Und dann wurde mir unwohl. Ich sah, wie der geheimnisvolle Zettel, der dunkle Hinweise auf den Mörder enthalten sollte, zwischen den Sängerhünen die Runde machte. Und erst jetzt erkannte ich, welchen Zettel ich versehentlich ausgeteilt hatte: unser Infoblatt mit den geheimen *Dos and Don'ts* der Show! Die Gerüstmänner lebten auf. Plötzlich grölten sie. Irgendeiner von ihnen musste eine verkannte lyrische Ader haben. Blitzschnell hatten sie "Jingle Bells" abgeändert: „Reinfels-Beils, Reinfels-Beils kündigen all the way, betriebsbedingt, betriebsbedingt in a one horse open sleigh, hey. Reinfels-Beils, Reinfels-Beils ...“

Das Rechtsanwaltsehepaar erbleichte, erstarrte und fauchte sich gegenseitig an. Frau Reinfels-Beil sprang auf, befahl den Aufbruch, die Angestellten gehorchten, und unter dem triumphierenden Gelächter der Gerüstler stapften sie raus. Nur Herr Reinfels-Beil blieb sitzen. Wir durften nicht abbrechen, wir mussten weiterspielen. Es war an mir, dem Kommissar, das grandiose Stück elegant zu beenden. Ich musste jetzt den entscheidenden Beweis liefern, mit dem jeder halbwegs Nüchterne im Raum den Mörder überführen konnte.

„Meine Ermittlungen haben ergeben, dass Sie, Frau Schnipkoweit, eine Affäre mit dem Weihnachtsmann hatten."

Daphne spielte schön die Empörte.

„Denn ich habe einen Liebesbrief gefunden", donnerte ich. „Und womöglich verrät er uns auch, wer der Mörder ist!"

Mit majestätischer Geste öffnete ich das Kuvert.

Der von Frank entworfene Liebesbrief bestand aus heißen erotischen Schwüren an den Santa Claus, gefolgt von der Warnung, an Heiligabend nur ja nicht zu kommen, denn der Ehemann ahne mittlerweile etwas, und dieser Mann sei sehr rachsüchtig. Mit tausend Küssen und so weiter.

Aus dramaturgischen Gründen verlor ich diesen Brief am Tisch der Apothekerinnen. „Oh!", machte ich. „Bitte lesen Sie vor!"

Die Apothekerin versuchte zu entziffern: „Grand-Theft-Auto-V für Playstation 4, 29,50 Euro incl. Mehrwertsteuer."

Stille.

Oh. Das war dann wohl der falsche Zettel. Das war nur eine Quittung zum Auslegen, die den Indizienwald ein wenig dekorieren sollte. Einen echten Hinweis enthielt sie nicht.

„Ja, das verstehe ich jetzt nicht", gab die Apothekerin zu.

„Ich auch nicht", kam es von einem anderen Tisch.

„Nöö", machten die anderen unengagiert.

„Sehen Sie, Herr Kommissar, von einer Affäre mit dem Weihnachtsmann kann nicht die Rede sein!", improvisierte Daphne. Frank laserte mich blicktechnisch, während ich schwitzend die Manteltaschen durchwühlte. Ohne den richtigen Liebesbrief war die Faktenlage dünn. Der Fall würde sich nicht lösen lassen, jedenfalls nicht anhand von Indizien. „Also, es stimmt, dass der

Weihnachtsmann mir Grand-Theft-Auto-V nicht gebracht hat", fiel Sven ein, der je den gelangweilten Sohn der Familie gab. „Aber ermordet habe ich ihn deswegen nicht, Herr Kommissar! Echt nicht!"

Es half mir nicht über meinen Blackout hinweg. Es blieb Frank nichts anderes übrig, er musste den Spielblock abkürzen. „Ja, meine Damen und Herren, jetzt sind Sie gefordert. Nun müssen Sie ermitteln!", schnaubte er mit gepresster Wut und zog die Multiple-Choice-Lösungsbögen aus der Gesäßtasche.

„Auf diese Blätter bitten wir Sie, Ihre Ermittlungsergebnisse während des kulinarischen Hauptgangs aufzuschreiben. Wir wünschen guten Appetit!"

Die zersägten Weihnachtsenten wurden ausgeteilt, und wir verließen den Saal, damit ich im Hotelzimmer gerupft werden konnte.

„Man schaut zuerst auf die Briefe an, bevor man sie vorlesen lässt!", bellte mich Frank an und drückte mich gegen die Kleiderschranktür. Es klopfte. Es war der Chefkellner.

„Die Gäste wirken ein wenig unzufrieden, und der Rechtsanwalt will sein Geld zurück!"

„Oh, Mann, der verklagt uns", fürchtete Sven.

„Sie müssen zurück und die Sache irgendwie hinbiegen", sagte der Chefkellner mit einer gewissen Schärfe.

Wir schlichen verzagt in den Spielraum. Die Gäste kauten an ihren Gummienten. Am Juristentisch dokumentierte der Anwalt mit seinem Smartphone das tote Tier aus verschiedenen Winkeln. Frank holte die Champagnerflasche und trat zu dem Juristen. Aus dem Augenwinkel sah ich dessen Siegerlächeln. Zu was er Frank für unseren Auftritt heruntergehandelt hat, habe ich nie erfahren. Die Gewinnerflasche jedenfalls blieb dort, und Frank kam bleich und geschlagen zurück.

„Er will noch das Dessert abwarten", flüsterte Frank. „Gemischtes Eis mit Sahne."

Das klang nicht gut. Als wir mal vor Baustatikern spielten, erklärten die, sie würden das Eis gerne mitnehmen, da es fester sei als Stahlbeton. Vielleicht war es diesmal weicher oder sogar weich wie meine Birne.

„Aber den letzten Block, den kannst du doch einigermaßen, oder?", fragte Frank.

Ich machte einen intelligenten Gesichtsausdruck.

„Das Mitmachtheater. Das machen wir gleich mit einer süßen Floristin, und dann ist Schluss."

Mitmachtheater bedeutete, dass wir mit einer Zuschauerin den Mordfall nachspielten. Dazu mussten die ausgefüllten Lösungszettel eingesammelt werden. Die schlaueste Detektivin durfte dann den Mörder spielen, und ich konnte noch einmal als Opfer glänzen.

„Dann darf ich jetzt die Zettel einsammeln!", rief Frank so freundlich, wie es ihm noch möglich war.

Die Apothekerinnen hatten sich zu einer subversiven Lösung entschlossen: „Der Mörder ist der Koch und das Opfer die Ente. Sie wurde mit seinem Polo überfahren." Nicht unkreativ, aber nicht die richtige Lösung. Die Gerüstbauer wollten beobachtet haben: „Der Weihnachtsmann ist selber unter den Weihnachtsbaum gekrochen!" Sie tippten auf Freitod, was jetzt tatsächlich nahelag. Frank überflog den Lösungszettel der Floristinnen und raunte mir zu: „Die wollen dir ans Leder!"

Dann moderierte er: „Die einzig richtige Antwort ist von diesem Tisch gekommen", er zeigte auf den verbliebenen Juristen, unseren Feind. „Danke, mein Herr!" Er wandte sich von dem kalten Triumphator ab. „Aber die Gewinnerinnen der Herzen sind unsere Floristinnen!"

Als die Apothekerinnen merkten, dass sie leer ausgehen würden, nahmen sie das als ersehnte Erlaubnis zum Aufbruch. Die Gerüstbauer folgten, in der Raucherlounge gebe es Whisky. Nur der Anwalt blieb stoisch sitzen, um das Speiseeis auf Klagegründe zu prüfen.

Brigitte, so hieß die jetzt auserwählte Floristin, sollte in der Mitspielszene den Vater spielen und zeigen, wie der den Weihnachtsmann umgebracht habe. Doch Brigitte tänzelte mich behäbig an, bejubelt von ihren Kolleginnen, und griff in die Tasche meiner filzigen Kluft. Frank spielte den Regisseur und wollte sie in Richtung Mord treiben, während ich versuchte, ihrer Fahne auszuweichen.

Jetzt aber kam sie mit einem Briefkuvert aus meiner Tasche. Mit angespitztem Schrei hielt sie die Trophäe in die Luft. „Der Liebesbrief", kreischte eine Kollegin. Oh, ja. Tatsächlich. Es war das fehlende Indiz.

„Dann kriegen wir aber auch den Champagner!", zickte ein männlicher Florist. „Stimmt!" pflichtete man ihm bei.

„Aber dieser Tisch", Frank wies beschwichtigend auf den Anwalt, doch er kam nicht weit.

„Wir haben den Liebesbrief gefunden, wir kriegen den Schampus!", freute sich Brigitte. Der Florist erhob sich, spazierte galant zum Kanzleitisch und schnappte sich den Preis. Reinfels-Beil blieb sprachlos. Dann tippte er etwas in sein Smartphone - vermutlich in die App *Einstweilige Verfügungen*. Und dann stand er auf und stolzierte unter dem Gejohle der Blumenhändlerinnen hinaus. Frank eilte dienernd hinterher. Doch auch die Situation im Raum war noch nicht unter Kontrolle.

„Plop", machte es hinter mir, und ich stand in einer Champagnerdusche. Daphne fuhr mit ihrer Hand an ihrem Hals entlang. Das internationale Zeichen für: „Mach Schluss, du Idiot!"

„Leute, ich muss mich umziehen!" Mit möglichst herzlichem Lachen wollte ich mich von verbliebenen Feierwütigen verabschieden.

„Ausziehen, ausziehen", kam als Echo zurück.

Floristinnen können echt sehr betrunken sein.

Brigitte und der galante Kollege tänzelten auf mich zu. Wäre ich wirklich der Weihnachtsmann, ich würde mich mit solchen Situationen auskennen. Tue ich aber nicht. Es war Daphne, die mich rettete. Sie dirigierte den lahmen Sven zur Musikanlage, wieselte flink zur Tür und rief etwas Richtung Raucherlounge. Ich verstand nichts. Aber es muss so etwas wie „wilde, willige Floristinnen" bedeutet haben.

Die blumige Meute hatte mich gerade umzingelt, als Sven „Die schönsten Weihnachtslieder des Mitteldeutschen Rundfunks" aus den Boxen quellen ließ und paarungsbereite Gerüstebauer den Raum enterten. Die ranzigen Schlagertakte und das riechbare Testosteron lenkten die Floristinnen ab.

„Und das ist für deine heutige Performance, du Weihnachtsmann", belferte Frank von hinten und stieß mir ein Messer in den Rücken. „Jetzt ist der

Mord echt!" Aber weil das Messer von einem Gast an einer Ente stumpfgesäbelt worden war, und weil mein Weihnachtsmannkostüm doch ziemlich gut gefüttert war, leben wir heute noch, sind beste Freunde und geben immer überzeugendere Vorstellungen. Bitte buchen Sie jetzt.

Der innere Klaus

Meine Mitschüler von der Schauspielschule verbrachten das Ende der Ausbildung damit, durch die Republik zu fahren, um bei Landesbühnen vorzusprechen. Ich hingegen hatte vor dem Jahreswechsel meine erste Hauptrolle ergattert. Die studentische Arbeitsvermittlung engagierte mich als Weihnachtsmann.

Bei einem gemeinsamen Treffen wurden den Studenten die Weihnachtsmannkostüme und den paar Studentinnen die Christkindkleider übergeben. Die Grundgesten und Satzfragmente wurden geprobt, und als angehender Schauspieler merkte ich, wie amateurhaft die meisten Studenten agierten. Ein Drittel der Aspiranten hätte ich schon wegen der Sprechfehler gefeuert. Die gestotterten und gelispelten Sätze müssen ja noch durch einen weißen Zottelbart, und wenn sie die Kinderohren erreicht haben, sind es nur unbrauchbare Wortfetzen. Eine pädagogische Wirkung lässt sich so nicht erzielen.

Beim gemeinsamen Essen in der Mensa brach es aus mir heraus: Ich musste meinen Kollegen mitteilen, wie talentfrei sie waren. Anfänglicher Protest verstummte, als ich begann, jedem seine Mängel aufzulisten. Zum Beispiel der Soziologiestudent Bastian: Er war unfähig die Autorität des Weihnachtsmannes auszustrahlen, weil er seine »Wir-sollten-das-jetzt-mal-basisdemokratisch-ausdiskutieren-bis-wir-einen-Konsenz-gefunden-haben« -Haltung nicht ablegen konnte. Oder der Informatiker Thomas: Seine Statur füllte das Kostüm gut aus, doch die emotionslos vorgetragenen Sätze wirkten so digital, dass sie nie ein Kinderherz erreichen würden.

»Es geht nicht um uns, es geht darum, den Kindern Freude zu bereiten!«, belehrte uns ein Theologiestudent. In der Vorstellungsrunde hatte er sich damit gebrüstet, seit frühesten Jahren bei

Krippenspielen mitgewirkt zu haben. Aber bei seiner Performance agierte er so steif, als würde er auf der Kanzel stehen.

»Falsch!", entgegnete ich wütend. „Es geht um viel Wichtigeres! Ihr könnt am Heiligabend die dramaturgische Leidenschaft in den Seelen wecken, die Liebe zum Theater! Doch ich fürchte, ihr werdet kulturell verbrannte Erde hinterlassen. Ganze Jahrgänge werden Theaterinszenierungen mit Eurem Laienspiel assoziieren und sich lieber der Spielekonsole widmen, statt sich dem lebendigen Theater auszusetzen. Noch mehr Stadt- und Landesbühnen werden schließen, tausende Schauspieler werden auf der Straße stehen. Ihr seid Arbeitsplatzvernichter!«

Empört zogen die Weihnachtsmannstudenten ab, übrig blieben nur vier Christkindstudentinnen. Sie waren mir schon positiv aufgefallen, was daran lag, dass Engelsfiguren archetypisch weniger vorbelastet sind. Die jungen Frauen konnten ihre ganze Grazie in ihre himmlischen Personagen legen, ohne dass es aufgesetzt wirkte.

»Sarah«, sagte ich zu einer schlanken Kastanienfarbenen mit zierlichem Gesicht, »du hast eine natürliche Präsenz, wenn du dich in ein Christkind verwandelst. Boom - da ist sofort eine Power, das ist unglaublich. So was lernt man auf keiner Schauspielschule, das hat man oder man hat es nicht!«

Sie murmelte ein verschämtes »Danke« und schaute auf ihren leeren Teller. »Nur das Timing, das stimmt noch nicht ganz«, schränkte ich ein. »Aber das kriegen wir hin. Wir sollten uns am besten mal alleine treffen.«

Sie lehnte mit scheuem Kopfschütteln ab, und ich stellte mir vor, wie sie am Heiligenabend tränenüberströmt von wilden Kindern aus der Wohnung gejagt werden würde. Man würde sie mit harten Nüssen bewerfen: »Komm wieder, wenn du das Timing drauf hast!« Ja, ja, das kam davon.

Ich selbst nahm mir reichlich Zeit für die Erarbeitung meiner Rolle. Mir wurde bald klar, dass ich diesen Charakter naturalistisch anlegen musste. Er sollte menschlich sein und Gefühle zeigen. Ich durfte den Weihnachtsmann nicht nur spielen. Ich musste der Weihnachtsmann *sein*.

Ich schrieb ihm eine Rollenbiographie und gab ihm den Namen Klaus Weihmann. Er war genau so alt wie ich - wenn ich probiert hätte, einen älteren Mann darzustellen, hätte das unauthentisch gewirkt. Klaus musste in soliden Verhältnissen aufgewachsen sein, seine Eltern hatten streng protestantisch gelebt. In seiner Jugend war er fest davon ausgegangen Maschinenschlosser zu werden, wie sein Vater. Doch ein obligatorischer Besuch im Berufsinformationszentrum veränderte sein Leben. An einem Automaten, an dem man Multiple-Choice-Fragen beantworten musste, wurde ihm seine wahre Berufung genannt: »Xmas-Presents-Delivery-Assistant«, eine

Arbeitsstelle, die vom Weltkonzern Coca-Cola angeboten wurde.

Das hatte sich vielversprechend angehört. Und nach seinem Realschulabschluss hatte Klaus sich rasch eine Karriere aufgebaut: die ersten zwei Jahre als Knecht-Ruprecht-Lehrling. Danach eine Saison als Bezirksnikolaus in Berlin-Lichtenrade, eine Zeit, in der er ahnte, dass Stiefelstopfen allein ihn nicht ausfüllen würde. Deswegen hatte er noch mal die Schulbank gedrückt, um sich zum Weihnachtsmann fortbilden zu lassen. Seit zwei Jahren war er nun »District Santa Claus« für den gesamten Berliner Südwesten. Die Coca Cola Company bezahlt ihm ganzjährig ein Grundeinkommen, das ihn verpflichtete, in den Sommermonaten zu Fortgeschrittenenseminaren ins Headquater nach Atlanta zu fliegen. Dort wurden ihm spirituellen Grundwerte beigebracht nebst subtil zu vermittelnden Werbebotschaften.

Bei der Erarbeitung dieses biographischen Hintergrundes ging mir allmählich auf, dass meine

Figur eine dunkle Seite hatte. In ihm rumorte eine kaum verborgene Neigung zu struktureller Gewalt. Er neigte zu Übergriffigkeit. Er verdrosch Kinder mit der Rute. Glaubte er an die Prinzipien einer überwunden geglaubten autoritären Erziehung? Oder zeigten sich in diesem Ritual Neigungen, die er in einem kinderlieben Internet erlernt hatte?

Das obligatorische »Hohoho«, das bei den anderen Studenten stets dumpf oder übertrieben daher kam, lotete ich mit Hilfe von Lee Strasbergs Method Acting tiefenpsychologisch aus und ließ es abgründig und nach uralten Schmerzen klingen.

Zuerst sollte ich ein fünfjähriges Einzelkind beglücken, Charlotte Kinkel. Ihr Vater, ein Notar, der spät eine junge Frau geheiratet hatte, begrüßte mich flüsternd im Eingangsbereich der Zehlendorfer Villa. Wo denn mein Bart sei? Den bräuchte ich nicht, erklärte ich ihm. Klaus Weihmann sei ein zeitgemäßer Santa Claus. Er komme ja auch durch die Haustür und nicht durch den Schlot. Mit einem weißen Rauschebart hätte ich die psychologische Tiefe der Figur verraten.

Herr Dr. Kinkel wurde ein wenig ungehalten. Mit schneidendem Juristenzischen bestand er darauf, ich solle mir den Bart ankleben. Jetzt. Aber sofort. Als ich mich weigerte, und zwar mit Berufung auf Artikel 3 der Menschenrechtskonvention, schaute er verzweifelt Richtung Wohnzimmer. Die Familie saß bereits zusammen. Er zückte die Brieftasche und hielt mir einen Hundert-Euro-Schein entgegen, als zusätzliches Bart-Honorar. Ich spürte, wie in meiner Körpermitte der Kampf Kommerz gegen Kunst tobte. Ich musste fürchten, der Auftritt würde ohne eine Einigung in seinem Sinne nicht zustande kommen. Okay. Alles für die Kunst! Ich nahm das Geld und spannte mir den Bart mit Hilfe eines weißen Gummibandes hinter die Ohren. Der Familienvater händigte mir die Geschenke aus, nebst einem sauber bedruckten Blatt, das ich vorzulesen hätte.

Ich betrat das hallengroße Wohnzimmer, das durch schlichte Noblesse geglänzt hätte, wären nur die gebürsteten Echtholzdielen nicht komplett mit Spielzeug bedeckt gewesen. Schaute man durch die Brocken dieser Diarrhoe von Puppen, Feen, Little Ponys, Legostädten und Playmobilfreizeitparks, konnte man die Erwachsenenebene ahnen. Sie musste sich durch Askese auszeichnen. Auf einem großen weißen Ledersofa lag Frau Kinkel, mit einem Flauschwaschlappen auf der Stirn. Davor ein charismatischer Couchtisch aus hellblauem Glas, auf dem eine halb geleerte Flasche Säntis Malt leuchtete. Ihr gegenüber prangte eine Videowand mit LED-Hintergrundbelechtung. An der Stirnseite der Halle knisterte der verglaste Kamin. Ein paar Meter davor stand der herrschaftliche Weihnachtsbaum. In der Mitte des Raumes, auf einem Ohrensessel mit Elektromotor, lümmelte Charlotte herum und bemalte mit Buntstiften einen Duden.

Eine wunderbare Bühne. Ich versenkte mich kontemplativ in die Figur Klaus Weihmann. Ich wurde Klaus Weihmann. Und nun trat ich bedächtig dem Kind entgegen und räusperte mich.

»So mein Schätzchen«, stöhnte Frau Kinkel, zog sich den Lappen vom Kopf und versuchte sich aufzurichten. »Willst du denn dem Weihnachtsmann jetzt mal deine tolle Geschichte erzählen?" Das Mädchen malte schweigend weiter. „Die du so schön auswendig gelernt hast?«, ergänzte Frau Kinkel.

»Nööö.« Charlotte begann sorgfältig, eine bunt bemalte Seite aus dem Duden zu reißen.

»Ach, Schatz, bitte!«, quengelte die Mutter und leerte ihr Malt-Glas. »Wenn du das machst, dann kommen morgen nicht Oma und Opa, sondern du darfst Lara-Sophie und Anna-Lena einladen!«

»Meine Eltern haben schon das Flugticket gekauft«, erinnerte der Vater. Doch seine Tochter raffte sich bereits auf: »Na guuut«. Sie rutschte vom Sessel und schrie: »Papa, sei still. Ich erzähl die Geschichte«. Und dann leierte sie eine Nacherzählung des Sterntalermärchens herunter.

Mir war es gleichgültig. Doch der Klaus Weihmann in mir war unzufrieden mit der lustlosen Darbietung. Am liebsten hätte er jetzt gleich seine Rute gezückt und das Mädchen übers Knie gelegt. Sofort und gründlich! Doch glücklicherweise gelang es ihm, seine jahrhundertealten Aggressionen in die Standpauke zu stecken, die der Vater ihm zugesteckt hatte.

»Nun, Charlotte! Mir ist zu Ohren gekommen, dass du nur selten deine Hausaufgaben für die Bumblebee-Schule machst. Dabei haben dir deine Eltern genau erklärt, wie wichtig Englisch ist, und wie toll es wäre, wenn du bei der Einschulung schon ein paar Worte sprechen könntest. Dann hast du deinen Mitschülern gleich etwas voraus!«

»Du bist gar nicht der Weihnachtsmann!«, krähte das Mädchen. Ich erstarrte. Heute weiß ich, dass es sich bei Charlotte um eines der ersten Exemplare jener Gattung handelte, die

Wissenschaftler als Arschlochkinder bezeichnen. Damals musste ich erst reflektieren: Dass das Mädchen mir die Figur nicht abnahm, konnte nur an dem peinlichen Folklore-Bart liegen. Ich wanderte ein paar Schritte auf und ab und ließ einige »Hohohos« ertönen, um den inneren Klaus wiederzufinden. Wie fühlte er sich jetzt? Oh, er war wütend! Sehr wütend! Er ergriff die Rute, die in seinem Gürtel steckte, und genoss das narbige Holz des Reisigbündels in seiner Hand. Leider fiel ihm dann eine pädagogisch wertvollere Strafe für das Arschlochkind ein: »Charlotte, du hast mich sehr enttäuscht mit deiner Sterntaler-Geschichte! Darum möchte ich...«

»Du bist nur ein Student!«, quakte das Gerotz. »Du kriegst Geld! Du kriegst so viel Geld, hat die Mama gesagt, dass die Olga diesmal keinen Weihnachtszuschlag bekommt!«

»Charlotte!«, lallte die Mutter und lächelte mir glasig zu. Bei ihrem Mann war das »An-diesem-Abend-haben-wir-uns-alle-lieb«-Lächeln erloschen. Mit gepresster Stimme herrschte er seine Frau an: »Musst du ihr alles erzählen? Alles, alles, alles?«

»Ja«, räkelte sich seine Frau. »Eine gewisse Offenheit tut diesem Haus gut!« Ich verstand sie trotz ihrer Artikulationsprobleme. »Falls du dich erinnerst«, träufelte sie giftig, »vor einem Jahr hat unser Au Pair Britney einen wunderbaren englischsprachigen Santa Claus gegeben. Aber Englisch hast dann nur du von ihr gelernt, wie ich inzwischen erfahren habe, und sie von dir Deutsch. Zum Ausgleich habe ich mir jetzt mal einen Loser-Weihnachtsmann kommen lassen.«

Loser-Weihnachtsmann. Kommen lassen. Zum Ausgleich.

»Gut, alles gut, sehr gut«, knirschte Herr Kinkel und reinstallierte das »Heute-ist-Heiligabend«-Lächeln. »Dann würde ich sagen, es ist Zeit für die Geschenke, denn der Weihnachtsmann muss zu weiteren lieben Kindern!«

Klaus war irritiert. Seine Intuition sagte ihm, dass er das Mädchen vor der schmutzigen Wahrheit der Eltern schützen musste. Dafür war es wichtig, an Glaubwürdigkeit und Autorität zu gewinnen. Klaus riss sich den Bart ab. Herr Kinkel klappte das Kinn herunter. Seine Frau goss sich noch einen Viertelliter ein. Klaus richtete sich mit scharfer Stimme an das Kind: »Ich kann dir dein abgrundtief bescheuertes Sieben-Zimmer-Barbie-Traumhaus nur überreichen, wenn du die Sterntaler-Geschichte jetzt mal überzeugend vorträgst. Oder noch nicht jetzt. Nein. In zehn Minuten. Denn damit dir das Vortragen wenigstens annähernd gelingt, du abschaumiges Rotzkind, ziehst du dir jetzt deine saudummen schweinefarbenen Hello-Kitty-Schuhe aus und stellst dich zehn Minuten lang draußen in den Schnee. Und danach wirst du wenigstens annäherungsweise wissen, wie es sich anfühlt, ein heimatloses Waisenkind zu sein, das auf Taler vom Himmel angewiesen ist!«

Charlotte starrte mich mit großen Augen an. Ihr Blick wanderte zu den Eltern. In die Pause der Irritation lallte Frau Kinkel: »Schätzchen, das musst du nicht machen!« Ihr Mann hatte die Augen zu Schlitzen gekniffen und sichtete den innere Paragraphenschatz.

Aber nun endlich wurde meinem Weihnachtsmann klar, warum er hier war. Er hatte nicht nur für das Mädchen eine Botschaft. Sondern eine Botschaft an die ganze Familie.

Ich erklomm den Couchtisch und ließ den Klaus aus der Mitte meines Körpers tönen, mit brunnentiefer Stimme: »Charlotte, erkenne nun die Schwäche deiner eigenen Mutter: Sie ist nicht in der Lage deinem abscheulichen Benehmen Einhalt zu gebieten. Sie wankt selber haltlos durchs Leben. Und erkenne die Schwäche deines Vaters: Er hat dir diese heillos überteuerten Geschenke gekauft, weil ihn nicht zu beschwichtigende Schuldgefühle plagen. Doch ich kann nur dich strafen und tadeln: Du wirst dieses Weihnachtsfest ohne Gaben feiern.«

Mittlerweile war ich in direktem Kontakt zu den aufgestiegenen Weihnachtsmeistern aller Zeiten, wie ein Schamane oder Druide. Ich hatte die visionäre Ebene des Weihnachtsmann-Daseins erreicht und sah, was den wirklichen Santa Claus ausmacht: Nicht das Coca-Cola-Kostüm, nicht der Geschenkeservice, nein, wahrhaftige Weihnachtsmänner vertrauen ihren spirituellen Fähigkeiten. Sie wissen ohne elterliche Spickzettel, dass die Kinder sich die Zähne nicht putzen haben. Oder dass die Versetzung in die nächste Klasse gefährdet ist. Wenn ich heute gefragt werde, ob ich an den Weihnachtsmann glauben würde, bejahe ich diese Frage. Ich weiß, dass es ihn gibt. Ich bin es.

Während dieser Vision vibrierte mein Körper so stark, dass ich fast vom Couchtisch gestürzt wäre. »Und doch, liebe Charlotte", tönte Klaus, „wirst du bald beschenkt werden: Du wirst ein

Halbgeschwisterchen bekommen. Um so wichtiger ist es, dass du Englisch lernst.«

Ich sah, wie Herrn Kinkel papierbleich werden. Seine Frau stierte ihn mit leerem Hirn an. Aber ich war mit meiner Predigt noch nicht zu Ende: »Wenn du nicht so ein sturzdummes, abschreckendes Kind gewesen wärst, hätte es vielleicht für ein Ganzgeschwisterchen gereicht! Nicht wahr, Herr Dr. Kinkel?«

Der Notar stürzte auf mich zu. Ich musste die Rute ziehe, um um ihn auf Distanz zu halten. »Woher?«, schrie er. »Woher wissen Sie das? Wie sind Sie an meine Post gekommen?«

»Allwissend ist der Weihnachtsmann!«, dröhnte Klaus. Frau Kinkel lachte hysterisch auf und sang durchs Wohnzimmer: »Herbert, du hast nicht mal eine Tüte benutzt! Du bist so ein Idiot. Und jetzt hab ich dich! Ich werde dich ausnehmen, bis du wünscht, dass du nie geboren wärest! Hah!« Sie lachte irre.

Und ich nutzte das Chaos, um aus dem Zimmer zu fliehen. Vom Hausflur aus hörte ich Charlotte heulen: »Bin ich denn wirklich schuld?« - »Nein, nein!«, «Ach, halt du jetzt die Schnauze!«, und »Vielleicht ein bisschen« und «Natürlich ist sie Schuld!«, bekam sie zu hören. Und »Egal, dein schlampiger Vater wird weiterhin deinen Reitunterricht bezahlen!«

Doch, ja. Ich war zufrieden mit meinem Auftritt. Intuitiv hatte ich mich an der aktuellen Performance-Ästhetik der Berliner Bühnen orientiert. Ich hatte die Erwartungen der Zuschauer subtil gebrochen. Vielleicht hätte ich mich noch ausziehen und unter den Weihnachtsbaum kacken sollen, ja, eigentlich schon, schade. Aber ich musste mir ja noch Steigerungsmöglichkeiten fürs nächste Jahr aufbewahren.

Für diese Spielzeit jedoch war die Figur Klaus Weihmann ausgebrannt. Deswegen haben die weiteren Familien an diesem Heiligabend nur mehr amateurhaftes Boulevardtheater geboten bekommen. So als sei ich ein ganz normaler Studenten-Weihnachtsmann. Und bei denen verlief das Fest friedlich und harmonisch. Schade eigentlich. Aber ich komme ja wieder.

Weihnachten im Gailtal

Ich war auf der ersten Etappe meiner Zugfahrt nach Kärnten. Da ich seit Stunden wach lag, suchte ich nun vorsichtig im Rucksack nach meiner Wolle und schob den Vorhang zur Seite, damit ich mehr Licht hatte.

Das unregelmäßige Klicken der Stricknadeln bezeugte meine geringen Strickfähigkeiten, die stets von der Angst begleitet waren, eine Masche zu verlieren. Plötzlich hörte ich ein Stöhnen und ich drehte mich nach rechts. Diese Liege war also doch belegt: Ich sah eine Frau mit Rastalocken.

„Entschuldigung hab ich Sie ... ähm, Dich geweckt?", flüsterte ich.

„Nee, ich kann sowieso nicht schlafen."

Wir lagen in den untersten Bettkojen eines Liegewagens, der nach München fuhr. Das war anstrengend und stickig, aber ich wollte es ja nicht anders. Die Flug-Tickets waren bereits gekauft.

Ich hätte auch mit meiner Freundin Corinna morgen Mittag entspannt nach Graz fliegen können. Aber dann hätte ich keine Zeit mehr gehabt, die Socken fertig zu stricken, die ihr Weihnachtsgeschenk werden sollten. Außerdem war ich grade auf dem Ökotrip, der das Fliegen aus- und das männliche Stricken einschließt.

Überhaupt war die Idee, Weihnachten in den Bergen zu verbringen, bekloppt. Zwar liebe ich die Berge, hasse aber den Schnee. Und den gab es in der Alpenrepublik momentan mehr als im recht milden Berlin. Zuhause vor der Glotze, ab und zu zum Spätkauf huschen, so hatte ich mir Weihnachten eigentlich vorgestellt, aber Corinna hatte andere Pläne. So ging es wieder nach Kärnten, zu ihrer Tante und ihrem Onkel, den Winklers.

„Was wird denn das?", flüsterte die Rastafrau, rückte ein bisschen mehr zum Kojenrand und die Notbeleuchtung erhellte ihr Gesicht. Hübsch,

Mitte zwanzig, außer einem diskreten Nasenring wenig Metall.

„Ein Weihnachtsgeschenk - Socken", gab ich stolz zurück und ergänzte: „Ähm, für meine Mutter". Es war eine unerklärliche Angewohnheit, in der Gegenwart schöner Frauen meine Freundin zu verschweigen.

„Cool, ich hasse den Konsum-Shopping-Terror."

„Ich auch, als wenn die Menschheit drei Planeten als Ressourcenlager hätte!"

Unser systemkritisches Gespräch gewann bald an Tempo, und wir mussten darauf achten, die Lautstärke gedrosselt zu halten. Sie berichtete, heute würden viele Produkte von der Industrie so hergestellt, dass sie sofort nach der Garantiezeit kaputt gingen.

„Genau", pflichtete ich bei. „Das ist die geplante ... ähm, Ostinenz ... ähm, nee ... na, mir liegt es auf der Zunge." Wie immer: wenn ich mit einem Fremdwort imponieren wollte, fiel es mir nicht ein.

„Geplante Abstinenz?", wollte sie mir helfen.

„So ähnlich, aber mit O."

Beklommenes Schweigen.

„Hier, meine Brille zum Beispiel", lenkte ich ab, „vor zwei Jahren gekauft, schon Kratzer!"

„Kapitalistenschweine!", diagnostizierte sie. „Bin übrigens die Tabea."

„Ah ja, cool ... bin der Georg."

„Können Sie bitte ruhig sein, andere wollen schlafen!", zischte eine Frauenstimme von oben.

Aber Tabea wollte weiterquatschen und deutete an, ich solle in ihre Koje kommen. Ich gestikulierte ungläubig zurück, doch sie bestätigte. So leise es ging, kroch ich zu ihr. Sie lud mich sogar unter die Bettdecke ein. Doch ich hielt mich zurück. Antikapitalistinnen sind häufig auch Feministinnen. Da galt es, vorsichtig zu sein.

Tabea trug eine Leinenhose. Ich hatte auch keine Spitzenreizwäsche erwartet. Sie flüsterte unbekümmert weiter:

Sie sei bei der Antifa und habe über Verbindungen ihren ersten richtig bezahlten Job bekommen, in einem antifaschistisches Dokumentationszentrum, das eine europaweite Nazidatenbank erstellen wollte.

„Ich fahre gerade nach Kärnten", warf ich ein. „In Österreich gibt es ja viele Nazis und ... ähm, Naziinnen. Wenn du willst, höre ich mich mal um."

„Ja, cool, gerne! Brandenburg-Glatzen sind langweilig. Kärnten hört sich exotisch an. Aber jetzt muss ich erstmal Weihnachten überstehen."

Sie lamentierte über ihre spießigen 68er-Eltern aus Neidlingen im Schwabenländle. Seit einem halben Jahr hatten sie ihr in den Ohren gelegen, doch endlich mal eine Haftpflichtversicherung abzuschließen. „Und genau das schenke ich ihnen zu Weihnachten: dass ich eine

Haftpflichtversicherung abgeschlossen habe." Sie kicherte. „Und das erste, was ich mache, ist ein Versicherungsbetrug!"

„Cool!"

Unvermittelt drehte sie sich zu mir und schaute mich an. Der frecher Nasenring an ihrer Stupsnase funkelte mit ihren Rehaugen um die Wette. Ich schluckte, mein Herz bummerte und ich hatte den Eindruck, dass auch sie vor Aufregung ganz flach atmete. Wollte sie dasselbe wie ich? Ich nahm meine Brille ab, weil die Kratzer auf den Gläsern die Aussicht vernebelten.

„Schade, dass hier so viel Leute sind", hauchte sie. Sie dachte also an dasselbe wie ich! „Einer ist vorhin rausgegangen und nicht mehr wiedergekommen", probierte ich. Sie zog ihre rechte Hand unter der Decke hervor und legte sie auf meine linke, in der ich meine Brille hielt. Unsere Finger verschränkten sich.

„Okay", stöhnte sie. „Aber leise."

Sie schloss genießerisch die Augen. Die Umgarnung unserer Hände wurde heftiger. Plötzlich hörte ich ein Knacken. Ihre Gesichtszüge entspannten sich. Erst jetzt realisierte ich, was sie getan hatte. Sie hatte den Steg meiner Brille zerbrochen. Panik stieg in mir auf. Dann Scham. Sie hatte mich ausgenutzt. Sie hatte mit ihrer Sinnlichkeit einen Versicherungsbetrug inszeniert.

Ich wollte mir nichts anmerken lassen: „Und, wie war es für dich?"

„Ah, schön! Bei den Antifa-Aktionen habe ich schon häufig Sachen von anderen kaputtgemacht, aber dass du mir dabei zugesehen hast, das war echt prickelnd. Die Industrie, die haben wir echt gefickt!"

„Ja, das war super", behauptete ich. „Ach, und geplante Obsoleszenz! Ist mir grade eingefallen. So heißt das, wenn Produkte gleich nach der Garantiezeit ..."

„Ahja? Du bist echt süß." Sie legte ihren Kopf an meine Schulter und schloss die Augen. Ich hatte mir dass anders vorgestellt. Aber während sie zart schnarchend wegdöste, spürte ich wie mein Herz Flammen fing.

Als die Durchsage kam, dass wir in Kürze den Münchener Hauptbahnhof erreichen würden, schreckte Tabea hoch. Sie zauberte einen Stift und einen Zettel herbei, und sie schrieb mir ihre Handynummer auf. Dann wurde alles seltsam, wie sonst auch nach einem One-Night-Stand. Im Abteil rumorten Menschen, die hektisch ihre Taschen suchten.

Einige Momente später stand ich auf dem Bahnsteig. Ich konnte alles nur verschwommen sehen. Ich hielt mir die Trümmerteile meiner Brille an die Augen und überlegte, ob ich Kontaktlinsen dabei hatte. Den Anschlusszug Richtung Villach fand ich auch als Kurzsichtiger, und gleich nachdem er losgefahren war, nickte ich ein. Wir hatten schon Bad Gastein passiert, als ich erwachte. Der Zug war umstellt von den mächtigen Bergen, die ohne Brille noch bedrohlicher wirkten. Erleichtert stellte ich fest, dass ich Tages-Kontaktlinsen dabei hatte, allerdings kein Paar, sondern zwei für mein rechtes Auge. Ich setzte beide ein und sah fortan mit dem Linken verschwommen.

Villach war die letzte Umsteigestation. Nun ging es ins Gailtal. Auf der linken Bergkette war bald das sogenannte Nassfeld nicht zu sehen, denn alles war von schweren Schneewolken umhüllt. Schade. Über dem Nassfeld ragte gewöhnlich der von uns im Sommer bestiegene Rosskofel empor. Hinter Hermagor hätte ich den Reiskofel erwartet, den wir ebenfalls erklommen hatten. Nichts, nur Wolkensuppe.

Und weiter westlich im Tal liegt der Plöckenpaß mit seinen düsteren Bunkern und Befestigungsanlagen aus irgendeinem Weltkrieg. Das erinnerte mich an meine Mission: Austrofaschisten dokumentieren, um damit Tabea zu beeindrucken!

Im Sommer waren wir hier gewesen, als Corinnas greiser Onkel Sepp Geburtstag feierte. Damals waren wir frisch ineinander verliebt. Ich bemühte mich noch, bei Corinnas Ösi-Familie einen guten Eindruck zu hinterlassen. Jeden Gipfel, alpdeutsch Kofel genannt, den die Winklers uns vorschlugen, wollte ich besteigen. „Klar, den Kofel schaffen wir, Travelmaus_88". Ich redete sie damals noch scherzhaft mit dem Pseudonym an, das sie auf dem Partnerportal benutzt hatte. Frauen werben gern damit, dass sie Weltenbummlerinnen sind. Vor Corinna hatte ich mich mit Travalwomanannika getroffen und mit der Travelbitch, die von ihren Keniareisen schwärmte, besonders von den schwarzen Sugarboys. Auch Corinna hatte auf ihrer Profilseite Reisefotos gehortet, die zeigen sollten: Ich bin eine moderne Frau, ich stehe mitten im Leben und als Consulting Managerin komme ich sogar nach Dubai. Obendrein posierte sie mit Sonnenbrille am Atlantikstrand, mit Fahrradhelm

in den Vogesen, alpin eingepackt in Kärnten.
Diese sportliche Attitüde hatte wenig mit ihrem
Körperbau zu tun, den man auf
englischsprachigen Seiten als curvy oder a little
extra bezeichnete. Die Schokolade der
Vorweihnachtszeit hatte den Wahrheitsgehalt ihres
Profils noch mehr verzerrt.

Jetzt erwartete sie mich am Bahnhof ihres
Heimatdorfes mit dem alten Onkel Sepp. Die
Begrüßung des Neunzigjährigen fiel knochig aus.
Sepp trug einen langen, grauen Bart, in dessen
oberem Drittel eine Pfeife steckte. Er hatte sein
ganzes Leben in diesem Tal und auf den
umliegenden Almen verbracht. Als Bauer und
davor vermutlich als Wehrmachtssoldat. War der
deswegen so verschwiegen? In den letzten
Monaten hatten sich kleine Schlaganfälle gehäuft,
doch er machte einen fidelen Eindruck. Corinnas
Begrüßung kam mir ungewöhnlich freundlich vor,
wobei sie in der Gegenwart von anderen stets ein
bisschen besser drauf war. Offenbar konnte sie

Tabeas Anwesenheit in meinem Herzen nicht riechen. Sie steckte in ihren exklusiven Kalbsleder „Fick-Mich"-Stiefeletten (O-Ton Corinna, angetüdelt), wobei ich mir nicht sicher war, ob in unserer momentanen Krise dieser Imperativ mir galt.

Die Schneeketten ächzten die Serpentinkurven aufwärts und hatten bald den auf einer abschüssigen Wiese stehenden Fachwerkhof erreicht. Früher hatte Sepp als Almbauer gearbeitet, heute gab es weder Landwirtschaft noch Kühe hier, und Sepp hatte das Haus zu einer mehrstöckigen Pension ausgebaut. Da das Skigebiet zu weit entfernt lag, konzentrierte sich Corinnas Tante Sieglinde auf Sommergäste, die den Reiskofel oder die Karnischen Alpen besteigen wollten. „Noa, in den Wintermonaten, doa is es hier sehr leer, oaber morgen, am Heiligabend, doa wirds hier in die Hütten voall sein", versprach Sieglinde.

„Wir bringen Georgs Sachen aufs Zimmer", erklärte Corinna ihrer Tante. Sieglinde, die zwanzig Jahre jünger war als ihr Mann, litt unter Logorrhöe, einem gefährlichen Sprechdurchfall.

Doch es ging meiner Freundin nicht mal darum, dem Redeschwall zu entfliehen: „Es war total peinlich für meine Familie, dass wir hier getrennt hergekommen sind!", schrie sie mich an, nachdem sie unsere Zimmertür geschlossen hatte, „Ich warne dich: Wenn du uns hier das Weihnachtsfest verdirbst, dann trenne ich mich in Berlin von dir, und dann kannst du gucken, wie du dich mit deinem Schriftstellerkram über Wasser hältst!"

Fünf Minuten später saßen wir am warmen Kaminfeuer. Corinna und ihre Tante Sieglinde plapperten fröhlich um die Wette, und Sepp schenkte selbstgemachten Himbeerlikör aus.

An den Wänden hingen von Sepp gemalte Bilder. Imposante Bergketten, ein eisernes Gipfelkreuz und entschlossene, heroische

Bergsteigermänner. Ich überlegte, ob es eine App gibt, die gemalte Berge ihren Originalschauplätzen zuordnet. Auf einem Schinken glaubte ich, den Obersalzberg zu sehen. Aber ich fürchtete, um dem verschwiegenen Sepp etwas nachweisen zu können, brauchte man ein abgeschlossenes Kunstgeschichtsstudium.

Hier, vor dem Kamin, mussten sich die Weihnachtsfeiertage gut verleben lassen. Außerdem würden Verwandte und Freunde vorbeikommen, die ich für Tabea auf ihre Gesinnung abklopfen könnte.

Es fing gleich gut an: Thomas kam in die Hütte, ein Vetter von Corinna, der einen Bauernhof unten im Dorf betrieb und finanziell in die Schieflage gekommen war. Ich hatte ihn schon im Sommer kennengelernt. Er hatte nichts von seiner Stumpfheit eingebüßt. Auf seinem Unterarm prangte ein imposantes Tattoo der Südtiroler Patrioten-Rocker *Frei.Wild*. Der Schriftzug wurde vor ein imposantes

Bergpanorama platziert und aus dem *W* ragte ein Hirschgeweih heraus. Es korrespondierte wunderbar mit Sepps Ölbild an der Zimmerwand, was mich erneut an dessen Gesinnung rätseln ließ. In meinem Kopf sah ich allerdings den alten Mann, mit Kopfhörern über den Ohren zu dem *Frei.Wilds* Pathosrock headbangen. Der Likör törnte.

„Thomas und ich fahren zum Andreas-Gabalier-Konzert nach Klagenfurt", trällerte Corinna. „Schade", wandte sie sich an ihn, „Georg möchte nicht mitkommen."

Ich war nicht gefragt worden. Es wäre doch spannend zu sehen, wie die Kärntner auf diesen nationalkonservativen Steiermarkbarden abgehen würden. „Okay, ich komme doch mit", sagte ich. Corinna schoss mir einen kurzen Blick zu. Thomas blökte: „I hoab koan Platz." Wie fuhren die da hin? Mit seinem Trecker? Wollte er alleine mit Corinna sein? Lief da was? Schon im Sommer hatte ich mich gefragt, ob da in der Jugend was gewesen war. Auf der Partnerbörsenseite hatte Corinna einen verdächtig hohen „Kinky"-Wert, der weit über das Verlangen nach Plüschhandschellen hinausging.

Ich war froh, dass ich bald alleine im Kaminzimmer saß. Ich brauchte die Zeit, um Corinnas Weihnachtsgeschenk zu Ende zu stricken. Mit dem leckeren Likör neben dem Sessel machte ich mich ans Werk. Und, um so süffiger der Fusel wurde, um so frickeliger wurde die Wolle.

Die Tür öffnete sich, und Nastja kam ins Zimmer, die zwanzigjährige slovenische Putze der Winklers. Offenbar sollte sie das Kaminzimmer für den Heiligenabend morgen auf Vordermann bringen. Sie sprach gebrochen Deutsch, was mir entgegen kam, weil wir so zu keiner Unterhaltung gezwungen waren. Zweimal stürmte Sieglinde in den Raum, das erste Mal mit der fadenscheinigen Begründung uns vorzustellen: „Doas ist Nastja, oaber Ihr kenns Euch ja, oder?" Nastja zuckte stets zusammen. Die Hausherrin wollte doch nicht einfach Nastjas Putzkünste kontrollieren. Nee, irgendwas war seltsam hier ... Ich fühlte eine zunehmende Beklemmung. War es der Alkohol, waren es die unterschiedlichen Sehstärken meiner Augen, die oder die unerledigte Aufgabe? Ich sollte noch das Weihnachtsgeschenk der Winklers einpacken, das im Keller lag. Ich legte das Strickzeug beiseite und winkte Nastja heran. Sie sollte mir folgen.

Im Keller wurde mein Kopf ein wenig klarer, was vielleicht an der kühleren Luft lag. Der Keller war Sepps Werkstatt. Eine edle Standuhr wartete vor der Arbeitsplatte auf ihre Reparatur, eine alte Staffelei war zu sehen und Sepps alte Sense, mit ihr hatte schon sein Urgroßvater, also gefühlt im 17. Jahrhundert, das Gras geschnitten. Gleich daneben stand die High-Tech-Variante: Der *RoboMow*. Corinnas Geschenk war ein Upgrade für diesen *RoboMow*, den Mähroboter, den

Corinna ihrem Onkel im Sommer für ziemlich viel Geld geschenkt hatte.

Ich erinnerte mich. Gebannt hatten wir damals von der beschatteten Veranda durch die flirrende Sommerluft auf die Wiese gestarrt, auf der *RoboMow* seinen Dienst aufnahm. Gemächlich rollte er hin und her über die Wiese und mähte, was das Zeug hielt. Souverän meisterte er sogar die Geländesteigung, und als er das erste Mal selbstständig zur Ladestation zuckelte, hätte er fast Szenenapplaus bekommen. Lediglich Geburtstagskind Sepp verzog keine Miene. Etwas später entdeckte ich Corinna, wie sie ihre Enttäuschung über dem Waschbecken unseres Zimmers abheulte und dabei darauf achtete, die weiße Bluse nicht mit Mascara zu besudeln. Wenig später saß sie strahlend am Speisetisch, um Reindling zu futtern. Auf Knopfdruck die Sonne einzuschalten – darin war sie Meisterin.

Im Oktober hatte Sepp dann aber seinen Frieden geschlossen mit *RoboMow*. Sieglinde berichtete es, als sie mit Corinna das Weihnachtsfest besprach. Wochen vor dem Friedensschluss hatte sich ein Tier im Gebälk eingenistet, das die Hausherren mit nächtlichem Gepolter und Geraschel um Verstand und Schlaf brachte. Fangen konnte es niemand. Es war nicht mal zu sehen. Doch dann war plötzlich Schluss mit dem Lärm. Stattdessen fand man wenig später die sterblichen Reste eines Siebenschläfers zwischen *RoboMow*s gnadenlosen Klingen. Das Tier musste der Maschine versehentlich über den Weg gelaufen sein.

Das *RoboMow*-Geschenkprojekt war eines der wenigen Themen, in denen Corinna und ich einer Meinung waren. Ich als bekennender Hedonist liebte Maschinen, die uns von der Arbeit befreien. Und ich bin ein großer Fan der Transformers-Hollywoodreihe. Wie viel Transformer-Qualitäten stecken wohl in *RoboMow*?

Sieglindes Bericht hatte Corinna jedenfalls zum Kauf des Weihnachtsgeschenks ermutigt, das jetzt vor Nastja und mir in einer Tüte auf der Werkbank stand. Es war eine Ergänzung für *RoboMow*, welches *RoboMow* in *RoboPlow* verwandelte. Zwei Metallschaufeln sollten den Transformer befähigen, in den Wintermonaten Schnee zu schieben, wiederum ganz automatisch! Ich war schon ganz heiß darauf, dass zu sehen.

Neben dem Upgrade-Karton hatte Corinna rotes Geschenkband bereitgelegt plus Geschenkpapier mit dem Motiv „Englein tröten in Trompeten". Ein Post-It-Zettel hing dran: „Ich will, dass das ordentlich aussieht!"

Pantomimisch deutete ich an, was Nastja zu tun hatte, und bewunderte dann den Speed ihrer Bewegungen, während ich in Slow Motion in meiner Hosentasche grub. Ich fand irgendeinen Schein, den ich ihr in die Hand drückte. Sie bedankte sich artig und huschte die Kellertreppe nach hinauf.

Unbestimmte Zeit später lag ich im Bett. Auf dem schmalen Grad zwischen Trunkenheit und

Nüchternheit kristallisierte sich eine Theorie heraus, die sekündlich an Faktenreichtum gewann: die Bunker am Plöckenpass, der verschwiegene Weltkriegssoldat Sepp, die kontrollierende Sieglinde: Kann es sein, dass Nastja die Ur-Enkelin eines Partisanen ist? Und wird sie mit ihrer Familie in irgendwelchen Berg-Bunker-Stollen als Zwangsarbeiterin gehalten? Sind es nicht die Österreicher, die geschickt Menschen in kleinen Räumlichkeiten gefangen halten?

Doch noch war dies allein eine wilde Theorie. Das reicht noch nicht, um bei Tabea zu punkten. Bisher hatte ich nur ein heimlich geschossenes Foto von Thomas Tattoo mir gearteter Kunst im Rücken. Aber ich brauch noch mehr. Toll wäre dieser Hermann, den ich im Sommer kennen gelernt hatte ...

In diesem Moment hörte ich Schritte auf dem Korridor.

Und Sekunden später marschierte Corinna ins Zimmer. Ich begann gleich zu schnarchen, aber sie bellte: „Ich weiß, dass du nicht schläfst! Und ich weiß, dass du mit der Slowakenschlampe im Keller warst!"

Slovenin, verbesserte ich rein mental.

„Und du hast ihr einen Fünfzig-Euro-Schein gegeben, du perverses Schwein!"

Scheiße, das war ein Fünfziger?!

„Weißt du, was man sich bei denen alles einfängt? Die ist doch bestimmt schon auf den Tschechenstrich gegangen!"

Corinna rühmte sich zwar, weltoffen in allen Metropolen des Globus zu Hause zu sein, aber Ostblockfrauen verortete sie grundsätzlich auf dem Tschechenstrich.

„Morgen früh fahren wir zum Nassfeld, sonst blamierst du mich noch mehr vor meiner Familie!" Ich schnarchte weiter. „Hast du mich verstanden?"

Wird grade dafür gesorgt, dass ich hier nicht länger im Haus rumschnüffle? Und was weiß Corinna?

„Okay, ich zerreiße jetzt deine Fahrkarte. Dann kannst du nach Berlin zurücklaufen. Ist noch besser für deinen bescheuerten CO2-Fußdruck!"

Sie fing an in meinen Sachen rumzufummeln. „Nein, ja, ist gut", grunzte ich. „Wir fahren zum Nassfeld!"

Selbst mein Chauffeurdienst am folgenden Morgen zum größten Skigebiet Kärntens (Werbeprospekt) hellte Corinnas Stimmung nicht auf. Auch meine vorgetäuschte Eifersuchtsattacke brachte nichts. Schweigend bestiegen wir die Gondel. Betreten schaute Corinna nach unten. Es war offensichtlich, dass ihr Freund, der als einziger keine Skier hatte und in seinem zu großen Second-Hand Mantel hing, nicht zur Mittelstandsmeute gehörte. Ich spürte die abschätzigen Blicke rundum. Aber dafür ahnten sie nicht, dass diese Gondel möglicherweise von Partisanensklaven per Hand nach oben gehievt wurde.

Oben wurden vor dem ganzen Ski-Familien-Gewimmel die obligatorischen Fotos geschossen. Corinna erwägte, mich mit einem Cappuccino vor der Nase im Alpincafé weiterhin anzugiften. Das wollte ich verhindern. Ich sage: „Nee, mach mal ein bisschen Abfahrt. Vielleicht gelingt es dir ja, das Schälchen Marzipankartoffeln vom Frühstück bis heute Abend von deinen Hüften zu wedeln." Beleidigt zog sie ab.

Doch ich weiß, dass Corinna auf verbale Erniedrigung steht. Vor mir war sie mit einem sadistischen Zeitsoldaten zusammen, und auch ich hatte bald gelernt, dass sie am besten durch Erniedrigung ihren inneren Frieden fand. Sie hatte mal gestanden, dass sie, um im Consulting Höchstleistungen zu bringen, zunächst von ihrem Chef zusammengefaltet werden musste, um dann den Druck kontrolliert rauszuheulen, so dass sie schließlich vor den Kunden top performen konnte.

Ich nutzte die Zeit, um nach Austrofaschisten zu suchen. Wie gesagt: Toll wäre dieser Hermann:

Im Sommer hatten Corinna und ich den Reiskofel bestiegen. Sie hatte geflucht und geschnauft wie ein Schwein, aber ich hatte den Trip genossen. Es war ein wunderbarer Blick ins Gailtal und zur anderen Seite ins Drautal. Wir hatten jegliche nervige Vegetation hinter uns gelassen. Raue Felsklippen, blauer Himmel, und wir beide die einzigen greifbaren Elemente. Ich hatte versucht, sie in der Hütte der Reiskofelalm zum Sex zu locken. Sie wollte lieber vor dem Gipfelkreuz posen. Tante Sieglinde hatte uns empfohlen, beim Abstieg unterhalb der Jochalm in die Schenke ihres Bruders Hermann einzukehren. Auf ungefähr 1400 Höhenmetern fanden wir das Haus, vor dem ein Siebzigjähriger mit aufgedunsenem Gesicht Holz spaltete. Seine Frau tischte uns eine Jausenmmahlzeit auf: Almkäse, Knoblauch, Hollerbuschschnaps. Die Flasche brachte der Hausherr persönlich an die Tafel, und seinem roten Kopf nach zu urteilen, hatte er sie gerade selbst bis zur Hälfte gelehrt. Er unterhielt sich in Mundart mit seiner Nichte, und ich war glücklich, Hier oben in den Bergen spielte der Klassenunterschied, den unsere Einkommenskluft mit sich brachte, keine Rolle. Wir dünsteten dieselben Alkohol- und Knoblauchfahnen aus, und das ließ mich ihr neoliberales Consulting-Business vergessen. Hier oben glaubte ich sogar mit der Tatsache leben zu können, dass dort, wo viele Frauen ein Arschgeweih tragen, bei Corinna in dicken Graffiti-Lettern Steffen stand. Steffen war ihr Zeitsoldaten gewesen und das Tattoo der Grund unserer Sexprobleme. Immer wenn ich in den Nachrichten von einem gefallenen Kameraden hörte, hoffte ich, ein gewisser Steffen hätte Krisenherdenerdenstaub gefressen.

Ich legte meinen Arm um ihre Schultern und versuchte den Ausführungen des Alpenmenschen zu folgen. Zuerst waren es offenbar Tratschgeschichten. Doch der Hollerschnaps löste ihm mehr und mehr die Zunge. In Kötschach-Mauthen und in Hermagor hätten sich wieder

Juden angesiedelt, unverschämterweise. Und die Judengemeinde in Klagenfurt würde raffzahnig das ganze Gailtal aufkaufen. Ich fand diese Ausführungen spannend. Corinna sah, wie ich an seinen Lippen hing, und drängte zum Gehen.

Während sie schon mal losstürmte, durfte ich noch Hermanns mühsam erhobenen Arm bewundern, inklusive eines zerlallten Sieg Heil. Ich konnte mich vor Lachen kaum einkriegen, und es war nicht ganz einfach, die vor ihrem Onkel flüchtende Corinna einzuholen. Mit der Geschwindigkeit einer Bergziege stürmte sie den steinigen Pfad herunter und konnte nur mit Mühe verhindern, dass ihr Körpergewicht sie zu Fall brachten.

Plötzlich stoppte sie und zog das Smartphone heraus.

„Hi, Joshua, nice to hear from you!", schrie sie, als müsste das Gailtal mithören. „Yeah, sure! I will come! I'm looking forward to visit you in Tel Aviv. Yeah, see you, bye-bye!"

Sie wischte den Anrufer weg, bevor ich sie einholen konnte.

„Tel Aviv ist so eine coole Stadt, und Joshua ist so ein toller Geschäftspartner und ein total lieber Mensch. Oh, ich freue mich schon, wenn ich im September nach Israel fliege!"

„Du hast hier oben Empfang", stellte ich fest. „Das ist ja gut! Ich nämlich nicht. Kann ich mal eben dein Handy haben, ich muss..."

„Nein, Georg, ich habe kaum noch Saft, und in den Bergen ist es überlebenswichtig, wenn der Rest vom Handy noch fnuktioniert."

Sie stürmte bergziegenhaft weiter.

Als Corinna vom Skianzugpräsentieren zurückkam, hatte sie bessere Laune, und als wir vom Nassfeld runter waren und Rattendorf passierten, wurde sie richtig gesprächig:

„Die Fotos sind schon auf der Facebook-Seite und Sanjay Deshmukh, unser indischen Salesmanager, hat sie schon geliked, mit Merry Chrismas!"

„Toll! Du, dein Onkel hat einen erschöpften Eindruck gemacht. Wenn du willst, mache ich heute den Weihnachtsmann!"

„Nicht nötig, Hermann kommt, der passt auch ins Kostüm."

Hermann spielte den Weihnachtsmann - das war meine Chance. „Geil", stöhnt ich.

„Hey, und du, benimm dich diesmal!"

„Wieso ich? Es war doch Hermann, der ..."

„Fahr schneller, es ist halb sechs, um sieben ist Bescherung!"

Vor dem Haus standen schon einige Autos, und wieder war die faszinierende Transformation von Corinnas Gemütszustand zu bestaunen: von „Ich würd-dich-am-liebsten-in-eine-Gletscherspalte-stoßen" zu „Schaut-her-Familie-dies-ist-der-Vater-meiner-zukünftigen-Kinder". Sie hüpfte durchs Haus und herzte alles, was sich nicht in Deckung bringen konnte.

Argwöhnisch betrachtete ich die Testosteron-Meute um Thomas - es mussten Vettern, Brüder,

Neffen sein, denn alle hatten denselben debilen Gesichtsausdruck. Die Antipathie war zu spüren. Mit dem zotteligen Langhaarwesen aus dem fernen Multi-Kulti-Moloch konnten sie nichts anfangen. Ihre Frauen, Schwestern, Schwägerinnen halfen in der Küche. Ein paar Kinder sprangen herum.

Ich verschwand schnell in dem Zimmer, indem der Weihnachtsmann die Geschenke entgegennahm. Doch ich merkte gleich: Der Alpenadolf war seriöser heute Abend, nüchtern halt. Ich konnte ihn nicht einfach zum lockeren Hitler-Gruß-Posing verführen. Aber darauf war ich gefasst. „Mensch, du siehts ja fesch aus, in deinem Kostüm!" sagte ich, während ich ihm den *RoboMow*-Karton zwischen linkem Arm und Wams drückte. Er brubbelte unverständliches durch den Bart.

„Da müssen wir ja gleich ein Foto schießen" ergänzte ich und zückte mein Handy.

„Sag mal, wie groß ist eigentlich die Sense vom Sepp?"

Wieder Unverständliches.

„Was, ich versteh dich nicht ..."

„Noa so ..." brummte er lauter und reckte den rechten Arm.

„Nee, bestimmt größer, oder?"

„Soa?" fragte er, hob den Arm noch ein wenig. Ich kniff mein linkes Auge zu, um scharf zu sehen und mein Handy klickte. Perfekt! Ein schöner Gruß! Tabea - Senden!

„I woas nett, Oaber warum willst wissen ..."

„Naja, ähm, ich frag mich, warum die noch hat wegen seinem *RoboMow*". Ich steckte ihm noch die Socken zu und verließ das Zimmer. War vielleicht nicht Fairplay, aber dafür wusste Tabea am Heiligenabend, dass ich an sie denke.

Ich war erleichtert: Die Pflicht hatte ich erledigt, alles, was jetzt kam, würde die Kür sein. Entsprechend gab ich mich dem Alkohol hin.

Punkt sieben Uhr betrat der Weihnachtsmann das Kaminzimmer und arbeitete die Geschenke ab: eine Perlenhalskette, Skistöcke, ein Gutschein für einen Bungeesprung, Naidas Abenteuerschiff aus der Lego-Elfen-Serie, ein Luftgewehr. Endlich kamen meine Socken dran. „Nun hoam wia oan Geschenk für die Corinna von ihrm Gspusi!"

Corinna riss die mühsam zusammengekleisterte „Englein-blasen-in-Trompeten"-Verpackung auf, schrie entzückt „Neiiiiin!" und hielt sich eine Socke an den rechten Fuß. Nun folgte für das schlichte Bergvolk eine gekonnte „Chaka-mir-geht-es-gut"-Performance, indem sie auf mich zukam, um mir einen innigen Kuss und eine innige Umarmung zu verpassen.

Ich spürte ihre Enttäuschung. Die sehnlichst gewünschte Handtasche von Moncler war einfach nicht drin gewesen.

Eines der Mädchen krähte: „Die oane Socke hats ja dieselbe Wolle wie der Pullover von Opa Sepp."

Ja, stimmt. Mir war gestern die Sockenwolle ausgegangen. Deshalb hatte ich mich aus Sieglindes Strickkästchen bedient. Ich hätte ja nicht sagen können: „Schatz, die rechte Ferse gibt's dann pünktlich im Februar, zum Geburtstag"

Corinna und ich lachten die Bemerkung weg, und die Göre fing sich eine Watsche ein. Ich war dankbar für diesen unverfälschten Erziehungsstil.

Das *RoboMow*-Ergänzungsset wurde mit gemischten Reaktionen aufgenommen. Tante Sieglinde quietschte fröhlich. Ihr Mann müsse jetzt auch im Winter nicht so häufig raus. Er selbst stöhnte, dass er höchstens noch fünf Jahre zu leben habe. Endlich verstand ich sein Dilemma. Zu sensen und Schnee zu schippen, war seine Methode gewesen, der geschwätzigen Frau zu entfliehen. Zum Schluss wurde ich zweimal beschenkt. Von unseren Gastgebern bekam ich eine Kaminfeuer-Bluray. Ob mir so in meiner zugigen Berliner Wohnung wärmer wird? Und von Corinna bekam ich ein Männerparfum von Clive Christian. Darauf hatte ich mich schon gefreut, seit ich die Flasche in ihrer Wohnung entdeckt hatte. Während ich große Überraschung spielte, wusste ich, dass ich bei Ebay mindestens zweihundert Euro dafür kriegen würde. Dann müsste ich allerdings häufiger duschen, damit mein Körpergeruch nicht mehr Dauerthema zwischen uns wäre.

Damit war die Bescherung beendet. Durch den Alkohol enthemmt und immer noch im Jagdmodus begann ich, die Gesellschaft zu provozieren. „Die *RoboPlow*-Stahlschaufeln sind zwar ein deutsches Fabrikat, aber wir mussten sie über einen französischen Online-Shop bestellen. Wir haben sie also heim ins Reich geholt!"

Niemand reagierte. Ich zeigte dem mittlerweile wieder Zivil tragenden Hermann auf einem frischgeschenkten Navi, wie viele Kilometer es nach Braunau seien. Er begriff es nicht. Und in die Runde bellte ich, man solle doch „*Sieg*...linde jetzt beim Auftragen des Entenbratens helfen". Corinna schaute mich schräg an, und ich legte ihr zur Beruhigung den Arm um. „Glaub mir, Travelmaus_88, mit Natascha, ähm, Nadja ist nix gelaufen, und mit Tabea erst recht nicht!" Vom Weißwein anhänglich gemacht, stemmte ich mich etwas später hoch und lallte: „Liebe österreichische Freunde, liebe Familie! Ihr sollt es zuerst erfahren: Corinna und ich werden im Sommer heiraten!"

Hermann verfiel in seinen Weihnachtsmannhabitus und blökte ein „Hohoho", Sepp zeigte keine Regung, Sieglinde seufzte beseelt, die Thomasbrüder hatten mich nicht verstanden, nur der Inzestschwerenöter Thomas guckte noch bösartiger als zuvor. Corinna selbst strahlte gekonnt. Sie kannte mich gut genug. Auf der Weihnachtsfeier ihrer Firma war ich ebenfalls hacke gewesen und hatte dieselbe Show abgezogen.

„Küssen, küssen, küssen!", wurde jetzt angestimmt.

Ich riss sie hoch. Ihre Performancefähigkeit war bewundernswert. Sie schauspielerte sich zwei Tränchen in die Augenwinkel. Ihre üppigen Hüften unter den Händen, rief ich: „Und wer glaubt, meine Verlobte sei zu fett, dem sei gesagt: Sie wird mir einen Sohn schenken."

Zum ersten Mal verlor sie für Sekunden die Lachfratze. Meine Hörerschaft hingegen seufzte kollektiv: „Ohhhh" und „Ahhh". Doch ich war noch nicht am Ende: „Da ich jüdische Vorfahren habe, wollen wir im Gailtal die jüdische Tradition zu revitalisieren. Darauf ein gemeinsames..." - ich hob ein gefülltes Glas - „Schalom!"

Die älteren Frauen vergruben sich in Getuschel. Sepp tat, was er auch sonst tat, schweigend Pfeiferauchen. Und Thomas schnaufte mich an wie ein kastrierter Ziegenbock. Corinna starrte auf ihr Weinglas.

Meine Offenbarung war der Partykiller. Kurze Zeit später schafften es die Nüchternen (die Frauen), die Besoffenen (die Männer) zum Aufbruch zu bewegen. Die Festgesellschaft stand flüsternd in der Eingangshalle und kleidete sich an.

Nachdem ich mich ein paar Mal übergeben hatte, lag ich schließlich im Bett. Neben mir heulte Corinna.

„Hey, Schatz", tröstete ich, „wenn ich nächstes Jahr meinen Roman verkaufe, kriegst du auch die Tasche von, ähm Monchichi..."

Ihr Geplärre verstärkte sich.

Es folgte noch ein geschluchztes „Es ist aus!"

Bevor ich ein überraschtes „Aber wieso das denn!?" heucheln konnte, brummte mein Handy. Ich schaute auf das Display und wäre fast aus dem Bett gefallen: Tabea! Tabea hatte mir ein Selfie geschickt! Topless, mit einem Tattoo über ihren Brüsten: God fucked me! Was für ein Smoothie-Übergang von einer Beziehung zur nächsten. Ich konnte ein Juchzen nicht unterdrücken. Meine intensive Zuarbeit hatte sich bezahlt gemacht. Ich schaute das Bild genauer an. Okay, es war kein komplettes Oben-Ohne-Pic. Tabea trug eine Skimütze überm Gesicht. Auch gut. Femen-Pussy-Riot-Style.

„Gab eben am Heiligabend richtig Zoff", stand in der Mail. „Nachdem ich von unserem Coup erzählt habe. Dafür gibt's gleich bei der Neidlinger Mitternachtsmesse richtig Bambule!"

Ich stürmte aus dem Zimmer, um meiner Flamme unbeobachtet zurückzuschreiben: „Sehr geil, aber doch ganz nackig, ich kontrollier das Bild gerne;)"

Morgen würde ich so früh wie möglich losmachen, am besten ohne jemanden zu begegnen. Natürlich würde ich dann die Transformation von *RoboMow* zu *RoboPlow* nicht erleben. Traurig. Da ich ohnehin nicht schlafen konnte, stieg ich in den Keller, um mich von *RoboMow* zu verabschieden. Auf der Werkbank standen die Schaufeln. Zumindest ein Foto hätte ich schon gern von ihm gehabt. Ich würde die Össis nie wiedersehen. Also öffnete ich den Karton behutsam, befreite die Schaufeln vom Styropor, überflog die Bedienungsanleitung, öffnete die Vorderklappe und klackte die Schaufeln an die vorgesehenen Stäbe.

Plug&play, das war easy. Hinter den Schaufelscharnieren befand sich die Power-Schaltfläche. Ich konnte nicht widerstehen. Mal ganz subtil auf Start gedrückt. *RoboPlow* schnurrte und räkelte sich. Dann hüstelte er kurz. Und dann legte er einen putzigen „Ich-hab-schöne-Schaufeln"-Installationstanz hin, gleich hier auf dem schneelosen Estrichboden. Ich fingerte mein Handy raus und filmte mit. Eine Million Klicks gesichert. Danke, *RoboPlow*.

Und nun abschalten. Wo war doch gleich die Fernbedienung? Während ich suchte, startete die Maschine dieselbe Intallationsroutine erneut. Ja, hübsch! Leider war der Akku noch nicht aufgeladen, der Tanz würde wohl bald enden. Ich sah noch eine Weile freundlich zu. Und erst als ich sicher war, dass *RoboPlow* die zugewiesenen zwei Quadratmeter nicht verlassen würde, raunte ich ihm noch ein „Psst, nicht verraten, dass wir gespielt haben!" zu und schlich nach oben. Die Heulboje war verstummt. Oder vielmehr: Sie schnarchte. Mir war, als hörte ich in den Intervallen von unten *RoboPlows* beharrliches Scharren. Dann sank ich in Schlaf.

Am nächsten Morgen war Corinna verschwunden. An ihrer Stelle fand ich einen Zettel im Bett: „Sind im Hospital. Sepp hat der Schlag getroffen, als er im Keller war! Das hat ein Nachspiel! Bis wir wieder da sind, fass nix an! Beweg dich nicht! P.S.: Das Erotik-Pic in deinem Smartphone hat mich traurig gemacht. Du hast immer gezickt, wenn ich mal was ausprobieren wollte. Aber mit Ostschlampen spielst du devote Spiele! Just for the Record: Ein Sexgott warst du nie und wirst du nie werden!"

Wieso denn nicht? Verkatert stand ich auf. Das Haus war verlassen. Ich trabte in den Keller. Dort war mittlerweile etwas geschehen. Von einer Bombenexplosion hätte ich vermutlich etwas mitbekommen. War das etwa *RoboMow* gewesen? Hatte er sich selbsttätig in *RoboBlow* transformiert? Gartengeräte lagen zerhäckselt im Raum, ein Regal war eingestürzt, die Töpfe hat ihr Eingemachtes zur dicken Suppe vermengt, eine antike Wanduhr lag flach und zersplittert, und überall waren Holzscheite herumgeflogen. Meine Augen suchten ihn, suchten *RoboMow*... und dann sah ich ihn: halb begraben unter einem umgestürzten Wandschrank mit Wehruniformen. Splitter seines unzerstörbaren Gehäuses lagen neben ihm.

Für ein angemessenes Begräbnis war der Boden draußen zu hart gefroren. Traurig. Ich ging ratlos nach oben. In der Küche wollte ich mir eine letzte Jausenmahlzeit bereiten, den Leichenschmaus. Doch die Tür war verschlossen.

Sicher. Klar. Nur fair. Dann würde ich hungrig losfahren. Wenn nur ein bisschen Wahrheit an Nastjas Geschichte klebt, hatten die Winklers nichts Besseres verdient. Nur *RoboMow* tat mir Leid. Oder hatte er den Freitod gewählt? Wahrscheinlich.

Meine Sachen waren schnell gepackt. Als ich ins Portemonnaie griff, durchfuhr mich ein Schreck. Die Fahrkarte war weg! Hatte Corinna sie schon vorgestern rausgenommen oder heute morgen, als ich schlief? Es lief mir kalt den Rücken runter. Ich grabschte nach dem Zettel: „Das hat ein Nachspiel! Fass nix an! Beweg dich nicht!"

Ich Idiot hatte mich im Suff gestern dem Gailtal die jüdische Übernahme verkündet und einen gedienten Landser dem Tod nahegebracht. Und glaubte, aus der Sache heile rauszukommen? Und, Moment, Travelmaus_88 – 88, stand das nicht für den achten Buchstaben im Alphabet, für HH, den Gruß der Neonazis? Wo war ich gelandet. Wahrscheinlich brodelte unten im Dorf schon die Volkswut! Man formierte sich schon zum Fackelzug, um das Fest mit dem ortsüblichen Progrömchen ausklingen zu lassen. Blick hinaus: Die Dämmerung fiel. Ich musste fliehen! Aber ich war pleite. Meinen letzten Schein hatte ich einer eingekerkerten Zwangsarbeiterin gegeben.

Kurz nachgedacht. Dann rammte ich die Klinge von Sepps kaputter Sense zwischen Tür und Rahmen von Sieglindes Büro. Egal was ich finden würde: Ariernachweise, signierte Erstausgaben von *Mein Kampf*, Parteiausweise mit einstelliger Mitgliedsnummer, Ehrenkreuze, Ritterkreuze, Mütterkreuze, Sturmabzeichen - ich würde jetzt alles liegen lassen. Ich brauchte Geld. Die Kassette war schnell gefunden. Sie ließ sich fast so einfach öffnen wie die Tür. Ich brauchte sneu nur aus dem ersten Stock auf die Terrakottafliesen zu schleudern. Zweihundertvierundsiebzig Euro und elf Cent. Na, bitte. Damit es für den Schlafwagen reichte, musste ich nur noch eine Germanische Leistungsrune in Gold mitnehmen.

Am späten Nachmittag rollte der Zug an, der mich in Sicherheit bringen sollte. Die Fackelmarschierer würden mich nicht mehr erreichen. Als wir Villach erreichten, ärgerte ich mich, dass ich nicht doch wenigstens eine Winterschlacht-Medaille mitgenommen hatte. Aber ich hatte keine gesehen. Und nun hatte ich wieder mehr Raum, mir Tabeas Zukunft vorzustellen. Also meine Zukunft. Am Bahnhof von Villach, einem Prachtbeispiel austrofaschistischer Architektur, fasste ich am Automaten einen kühnen Entschluss. Ich löste eine Fahrkarte nach Neidlingen, um meiner neuen Freundin beizustehen!

Und der Zug in ihre Richtung, zunächst nach München, kam wenig später! Was für Segnungen und Fügungen das Schicksal für die Gerechten bereit hält! Nur die Heizung funktionierte nicht. Dafür bekam ich Post. Post von ihr! Es war eine wärmende Sms. „Deine letzte Mail war voll die sexistische Kackscheiße! Mit solchen Mackern will ich und kann ich nix anfangen!"

In München hatte ich Aufenthalt. Ich rief im Dokumentationszentrum an, aber nachts schien dort niemand zu arbeiten. Faschos! Ich investierte die Restkohle für ein Night Line Ticket nach Berlin. Bettkoje unten links. Und holte die Stricknadeln heraus.